三管英靈集

①

桂學文庫·廣西歷代文獻集成

潘琦 主編

GUANGXI NORMAL UNIVERSITY PRESS
广西师范大学出版社
·桂林·

圖書在版編目（CIP）數據

三管英靈集：全4册 / （清）梁章鉅輯．—桂林：廣西師範大學出版社，2015.11
（桂學文庫．廣西歷代文獻集成 / 潘琦主編）
ISBN 978-7-5495-7313-4

Ⅰ．①三… Ⅱ．①梁… Ⅲ．①古典詩歌－詩集－中國－唐代～清代 Ⅳ．①I222.74

中國版本圖書館 CIP 數據核字（2015）第 247644 號

廣西師範大學出版社出版發行
（廣西桂林市中華路 22 號　郵政編碼：541001
網址：http://www.bbtpress.com）
出版人：何林夏
全國新華書店經銷
桂林金山文化發展有限責任公司印刷
（廣西桂林市中華路 22 號　郵政編碼：541001）
開本：787 mm ×1 092 mm　1/16
印張：125.5　　字數：2000 千字
2015 年 11 月第 1 版　　2015 年 11 月第 1 次印刷
定價：2000.00 元（全 4 册）

總序

潘琦

21世紀以來，隨著各地社會經濟的快速發展，與之相呼應的地域文化研究蔚然興起，呈現出多種地域文化研究競相迸發、研究成果纍纍、各種學理學説迭出的生動局面，有力地推動與彰顯著社會主義文化的大繁榮、大發展。廣西桂學研究，即誕生在這一時代大背景下。桂學是廣西最為重要的文化地標之一，它以廣西社會、歷史、文化、思想、藝術、科技、工藝等為研究對象，是具有鮮明廣西地方特色和民族特色的理念和學説的總和。桂學作為『學』，是一種能正確地、合理地呈現廣西客觀社會歷史文化與現實文化的系統知識的學問、學理和學説。

桂學研究無論是在時空上，還是在範圍及內容上，都是一個龐大的、系統的、廣泛的工程。其中，對廣西歷史文化的研究，是桂學研究的首要任務和重要內容。而對歷代形成並留存至今的關涉廣西的文獻遺存進行系統的整理、研究、保護、出版，又是進行歷史文化研究的首要内容，是保證桂學研究能够持續深入推進的學術基礎。爲了全面、系統地整理相關文獻資料，廣西桂學研究會成立後，特在内部設置了古籍整理出版委員會，職司廣西歷代文獻的整理出版與保護工作。《桂學文庫·廣西歷代文獻集成》叢書的策劃與啟動，便是這項工作的重要成果之一。

桂學研究會由何林夏、蔣欽揮兩位副會長牽頭，組織專家學者開展了卓有成效的工作，在廣西壯族自治區圖書館、廣西壯族自治區桂林圖書館及廣西師範大學圖書館、廣西師范大學出版社以及有關單位的大力支持與積極協作下，意在蒐集現存的所有廣西古籍的《桂學文庫·廣西歷代文獻集成》將陸續出版，爲桂學研究提供源源不斷的堅實史料支持。桂學研究會將在一個較長的時間内，集中力量，籌措資金，全面、系統、整體、有序地推進整理出版工作的持續進行，希望藉助於這種長期務實的工作，爲桂學研究向更深、更廣的方向發展，提供翔實、系統、完整、可靠的史料，推進桂學研究各項事業的持續繁榮。

以整理、研究、保護傳統文化為出發點的古籍出版，在一定程度上起著繼承、弘揚地域歷史文化的作用。古籍作為歷史文化的重要載體，其本身即是珍貴的歷史文化遺產，它不僅記載著歷史發展的生動進程，同時也集自然之美與人文之美於一體，書於竹帛的歷史記載、華美辭章是我們瞭解歷史、解讀歷史、研究歷史、承繼民族優秀文化的主要途徑、可靠依據、重要史料。《桂學文庫》的整理出版，更因廣西本身鮮明的地域性、民族性特徵，而具有顯著的多重價值。

一、研究性價值。桂學研究以研究廣西歷史文化為切入點，即首先需要研究廣西文化的產生、源流、特色，探討廣西歷史文化與其他地域或國域歷史文化之間的關係。為此，需要通過廣視角、多層面、全方位的探討，以究明廣西歷史文化發展的脈絡，做到知根知柢。先秦時期，廣西為百越之地，秦統一嶺南後，廣西開始行政建置納入統一國家的版圖，並出現於此後各種史料的文字記載中，經歷代的文化積澱，已經形成了大量的文史文獻資料與考古資料。這些遺存流傳至今，都是廣西地域文化的珍貴財富，更是建立和支撑桂學研究的寶貴財富。我們通過對這些資料進行系統、全面的整理出版，並在此基礎上開展全面的研究與考察工作，將有利於加深對廣西文化的源流、性質、内涵、特徵、地位及影響等的理解，得出符合歷史實際和歷史文化發展規律的結論。同時也能為社會學、民族學、歷史學等領域的研究提供豐富的研究素材，為文化研究的多學科共同繁榮作出積極的貢獻。

二、教育性價值。古籍兼具知識性與情感性學習兩種功能。中華文化歷經千年，其所積澱留存下來的古籍，包羅萬象、博大精深，通過對存世古籍的閲讀，有助於我們加深對古代文化的理解與體驗，掌握古代人文知識、古文知識、古人寫作技巧，領略古文之精彩，增進對地方發展史的瞭解與認識。與此同時，通過對古籍中所記録的重要歷史人物的人生經歷、治學經驗、高尚思想品德和自强不息的成長道路的認知，對於今天提高我們自身的精神境界和文明修養，都會是一種有益的啟迪與教育。

三、開發性價值。古籍作为歷經千年的文化積累，有著豐富、深厚的文化內涵，蘊含著先人的智慧，同時保持著原創性、傳承性、地域性、多樣性的特點。通過對古籍所記載歷史文化等內容的研究，今人可以擷取其精華，作為現代文化藝術創作的藝術源泉與靈感來源、拓展文藝創作題材、開發文化資源、創新文化產業，使先民的文化生命通過古籍的傳遞，重新生發出新的藝術活力與價值。

當然，任何事物都因產生於具體的歷史空間而不可避免地被自身的歷史性所局限，產生於歷史中並留存至今的古籍也是如此。面對種類繁多的古舊典籍，需要我們用批判、借鑒的眼光去加以審視，要本著去粗取精、去偽存真、古為今用的原則，充分發掘其所具有的優秀文化價值。今天，我們重要的任務之一，即是從精神上、思想上接應優良傳統，並通過繼承優良傳統而獲取更多的精神與思想資源。歷史不能複製，它只屬於它具體存在的那個空間和那段時間，但歷史又永遠不會消失，只要人類生命還在繼續，歷史就必然活躍在人們的精神生活裏，並影響著人类文明的繼續向前發展。

我們希望以《桂學文庫·廣西歷代文獻集成》相關整理成果的持續不斷出版，向世人展示廣西優秀的歷史文化資源與人文傳統，能為方興未艾的桂學研究提供充足的資料支持，為桂學研究的向更深更廣推進有所貢獻。希望桂學研究能在繼承吸收廣西優秀的歷史文化遺産的基礎上繼往開來、勇於創新，服務於今天廣西文化的大發展、大繁榮的歷史需要。

出版説明

廣西桂學研究會自2010年成立以來，即將整理出版廣西歷代留存至今的各類文獻列為學會的重要工作内容之一，並成立了專門的出版委員會職司其責，其動議之一，便是協調所有從事及志於研究、整理、保護的單位、個人、專家、學者，共同促成《桂學文庫·廣西歷代文獻集成》的整理出版。

本套叢書的宗旨，是想通過整理出版歷代形成現仍存世的桂人文獻及關涉廣西的文獻遺存，為從事桂學研究的學者提供推進研究所需的翔實、可靠、系統、全面的資料，為桂學能在學者們持續不斷的長期研究中向深廣發展打下堅實的文獻基礎。

面對歷代留存至今種類繁多、卷帙浩繁的廣西文獻，本書在編排上以著者為主綫，通過查考相關資料著録及文獻存藏信息，努力將同一著者存世的全部著作蒐羅凈盡，滙為一書。

在出版形式上，本書採用整理一種、出版一種的方式，以及時向學者提供各类文獻，並希望憑借這種方式聚沙成塔、集腋成裘，最終將關涉廣西的文獻遺存全部展現於桂學研究者面前。

為保持相關文獻的真實性，避免因整理不當而對原文獻造成的誤讀與誤解，本套叢書對納入整理範圍的文獻，採用全文影印的方式出版，旨在為學者的研究提供最本真、最可信的資料形態。

與影印存真相應，我們也組織相關領域的專家學者，為所整理的著作，按照統一的格式撰寫了解題，冠於各書首册。解題的主旨：一則簡述著者生平等信息，使用者可據此對撰著者有一直觀的瞭解；二則簡介歷代目録著録情況並著作的主要内容，以明文獻傳承源流與撰著主要價值所在。

我們希望本套叢書的出版，能為桂學研究的發展繁榮提供充足的文獻支持，為桂學研究向深廣推進貢獻一份心力。桂學研究，首先是對廣西傳統文化與歷史的繼承與吸收，其更重要的意義，則在於在繼承基礎上的開拓創新，推進今天廣西文化的繼續發展，如果本叢書的整理出版能够起到其應有的作用，我們將深感與有榮焉。

解題

《三管英靈集》五十七卷，清梁章鉅輯，道光間桂林湯日新堂刻本。綫裝，二十册，開本高二六七毫米，寬一六二毫米。半葉九行，行二十二字，小字雙行同。粗黑口，左右雙邊，單黑魚尾。版框高一八五毫米，寬一三五毫米。版心上鎸『三管英靈集』，中鎸葉碼。國家圖書館藏本，係鄭振鐸先生舊藏。鈐篆字『況澄/之印』陰文朱文方印、篆字『少吴』陽文朱文方印、篆字『桂林況周頤藏書』陽文朱文長方印、行楷『長乐鄭/振鐸西/諦藏書』陽文朱文方印、篆字『長樂鄭氏/藏書之印』陽文朱文長方印、篆字『北京圖/書館藏』陽文朱文長方印。天頭有佚名批校題跋，對全書體例、内容多有考證。

卷首冠《三管英靈集凡例》十三則，《凡例》末葉下鎸『桂林省城十字大/街湯日新堂刻刷』；次《三管英靈集目録》，署『福州梁章鉅輯』；次正文。正文首卷首葉首行題『三管英靈集卷一』，次行署

『福州梁章鉅輯』。

梁章鉅（1775—1849），字閎中，一字茝林、芷林，晚號退菴。祖籍福建長樂，清初徙居福州。四歲開蒙，從伯兄梁際昌讀書。十四歲以童生第五名考入鰲峰書院，從孟超然學。十五歲隨父往仙遊金石書院讀書，次年復回鰲峰書院。十七歲以第一名考入長樂縣庠，後隨陳士煒、鄭光策、林茂春讀書。二十歲中舉，二十二歲與鄭光策長女成婚。二十八歲參加壬戌（嘉慶七年，1802）正科會試，以二甲第九名成爲進士，又朝考入選第二名，授庶吉士，尋丁父憂回鄉奔喪守制。三十一歲服闋進京，散館以二等第五名引見，選禮部主事，入儀制司行走。四十四歲考取軍機章京，入直軍機處。四十七歲擢升儀制司員外郎，充大清通禮館纂修，又充内廷方略館纂修。四十八歲授湖北荊州府知府，兼護荊宜施道，兼管荊州鈔關監督。四十九歲擢升江南淮海河務兵備道。五十歲調署江蘇按察使，尋回淮海河務兵備道。五十一歲升任山東按察使。五十二歲調補江西按察使，未行，遷江蘇布政使。五十六歲護理江蘇巡撫。六十一歲授甘肅布政使。六十二歲調授直隸布政使，尋升任廣西巡撫，兼署學政。六十七歲調任江蘇巡撫，會同江南提督陳化成佈置抗英防務。後英軍攻陷鎮海，兩江總督裕謙殉國，遂署理兩江總督，兼管兩淮鹽政。六十八歲，以勞疾專摺奏請開缺調理。後悠遊田園，探師訪友，七十五歲時病逝于温州。

梁章鉅早年持漢宋調和觀，以宋學爲本、漢學爲用，後推崇經世致用。入宣南詩社，與林則徐、陶澍交游。治學重經世致用，不拘束於漢學、宋學，以有益身心、有裨實用爲主，曾於《退菴隨筆》中云『《退菴隨筆》者，隨所見之書而筆之，隨所聞之言而筆之，隨所歷之事而筆之，而於庭訓師傳尤所服膺，藉以檢束身心，講求實用而已』。外宦二十餘年，關注民生，議論時政，力倡關係商民利弊之社會改革，乃道光間以陶澍爲核心之經世致用派之核心。精鑒賞，博覽群書，工詩，曾學詩於翁方綱，存詩兩千六百餘首。重樸學，曾從阮元、陳壽祺學。亦擅書法，富收藏。梁章鉅著述宏富，計有《夏小正經傳通釋》四卷、《倉頡篇校證》三卷《補遺》一卷、《論語集注旁證》二十卷、《孟子集注旁證》十四卷、《經塵》八卷、《南省公餘録》八卷、《樞垣記略》十六卷、《國朝臣工言行紀》十二卷、《道光十九年己亥科廣西武鄉試録》一卷、《退菴日記》一卷、《退菴居士自訂年譜》一卷、《遊雁蕩日記》一卷、《梁氏家譜》四卷、《梁祠紀略》二卷、《三國志旁證》三十卷、《老子隨筆》一卷、《東南嶠外書畫録》二十卷、《古格言》十二卷、《退菴隨筆》二十二卷、《楹聯叢話》十二卷、《楹聯續話》四卷、《楹聯三話》二卷、《楹聯剩話》一卷、《巧對録》四卷、《巧對補録》一卷、《稱謂録》三十二卷、《稱謂拾遺》十卷、《歸田瑣記》八卷、《退菴題跋》二卷、《退菴金石書畫跋》二十卷、《吉安室書録》十六卷、《農候雜占》四卷、《浪跡叢談》十一卷、《浪跡續談》八卷、《浪跡三談》六卷、《補蘿山館詩話》(已佚,卷數不詳)、《長樂詩話》六卷、《武夷遊記》二卷、《東南嶠外詩文鈔》三十卷、《南浦詩話》八卷、《藤花吟館詩鈔》十卷、《滄浪亭志》四卷、《滄浪亭圖題詠》二卷、《藤花吟館試帖》二卷、《吴中唱和集》八卷、《三山唱和集》十卷、《蓻江別話》四卷、《東南嶠外詩話》十卷、《退菴詩存》二十四卷、《退菴詩續存》八卷、《江田梁氏詩存》九卷、《北行酬唱集》四卷、《宣南贈言》二卷、《銅鼓聯吟集》二卷、《文選旁證》四十六卷、《制義叢話》二十四卷、《閩川詩話》（殘本，不分卷）、《三管英靈集》五十七卷、《三管詩話》三卷、《試律從話》十卷、《春曹題名録》六卷、《讀漁洋詩隨筆》二卷、《讀隨園詩話隨筆》二卷、《戲彩亭唱和集》一卷、《雁蕩詩話》二卷、《閩川閨秀詩話》四卷、《乾嘉全閩詩傳》十二卷首一卷、《玉台新詠讀本》十卷、《退菴文稿》二十四卷、《江漢贈言》二卷、《閩詩鈔》五十卷、《閩川文選》五十卷、《師友文鈔》二十四卷、《八家師友文鈔》十二卷、《師友詩文鈔》（卷數不詳）、《寒檠雜詠》一卷、《霓詠餘音》一卷、《秀峰題詠》不分卷、《釣遊叢話》（卷數不詳）、《安定家集》（卷數不詳）、《奇聞隨筆》四卷、《師友集》八卷、《東南堂蔭圖詠》三卷、《閩文復古編》六卷、《閩文典制鈔》四卷。 生平事具林則徐撰《誥授資政大夫兵部侍郎督察院右副都御史江蘇巡撫梁公墓志銘》、梁章鉅撰《退菴自訂年譜》。

道光十六年(1836)三月，梁章鉅初任廣西巡撫。梁章鉅於公事之餘，即據廣西各州縣採送資料，并稽核説部叢書、石刻、方志等著述，蒐輯、整理、編纂了廣西歷代詩歌選集《三管英靈集》，凡五十七卷。卷首之《凡例》，詳述編輯緣由、體例。

《三管英靈集凡例》云：『粤西詩向無彙集，上林張南松通政始有《嶠西詩鈔》之刻，徵採閲十載而成，創闢之功勤矣。顧覽者猶有未饜於心，兹編則蒐羅較廣，而體例亦加嚴，非競美於前人，實增華於踵事。

『粤西詩人自二曹乃顯，唐以前無徵，故採自唐始。元代作者亦復闕如。宋明兩代有集名見於書目，而詩已散佚者，所存蓋亦不多。是編由各州縣採送本集、選集外凡唐後之説部叢書、石刻及郡邑志，詳加蒐輯，其成篇什者録之，其殘篇斷句，另編爲詩話，附各詩之後，資考證焉。

『近時作者，其人尚存，則其詩不録。昭明輯選具有成規，良以造詣定諸身後，而近名戒於生前，兹收近代之詩，必其人皆已往者。

『即詩存詩。其學力精到，卓然名家者，固有美必收，其他偶然成韻及躭癖而詣未至者，亦必量爲採擇，一以取其天籟之真，一不没其苦吟之志。

『因人存詩。其名在鼎彝，詩爲雅頌者，固珍如拱璧，在所不遺。至若理學、經濟、氣節、勛名炳於史册，在人耳目間者，其人雖不以詩名而但得覯其遺篇，即風雅賴之不墜。

『詩載本集又旁見他刻，往往字句互異，必悉心比校，擇其長者從之。若只見本集，無别本可校，其中間有義意未醒，音律弗協，足累一篇者，亦必悉心爲之斟酌，期得其本意而止。

『應制之作，唐人編集未嘗區别，後人則釐爲别體，兹集摘收其賡歌朝廟之篇，其科場試帖，概不羼入。

『《全唐詩》諺謎、占辭、酒令皆編爲卷，是編惟録正體，外此雖填詞亦不載。

『閨秀方外各編，爲卷於後，流寓又後之，非久於粵者不闌入。

『編次。以其人鄉會中式之年爲先後，其未與甲乙科者，約計其時代附焉。其年代里居均不可考者，另爲一册。

『作者必詳其里居，其事跡有可傳者附載里居之後，必標明見於某書以示傳信。

『粵西爲唐桂、邕、容三管地，今名是編曰「三管英靈集」，襲殷璠「河嶽英靈」之稱，闢嶺右菁華之藪不必用其體例也。

『詩有編定之後方徵到者，隨卷附入，次序不無小有參差。至末載里居、時代，續經查出者，但於名下夾注，不重改編。又，名字里居，其展轉傳鈔，無專刻者，原本往往錯訛，今就見聞所及者改之，所不及者雖有疑似難以臆斷，識者從而正之，是所甚望。』

據《凡例》所云，書名『三管英靈集』中之『三管』，指唐代『五管』中之桂管、容管和邕管，其所轄與清代廣西分屬相當。唐代永徽後，分嶺南道爲廣管、桂管、容管、邕管、安南都護，由廣府都督統攝，總稱『嶺南五管經略府』。『英靈』，則仿殷璠《河嶽英靈集》命名。

《三管英靈集》所收詩人上起唐代之曹鄴，下迄清道光間，凡得詩人五百六十餘人（其中廣西籍五百五十餘人），詩作凡三千五百餘首，填詞概不收入。收録原則及編次，仿《嶠西詩鈔》體例，以其人鄉試、會試中式時間之先後排序；未曾參加科舉考試者，約計其時間附於相應時代之後。觀其書編輯之體例，約爲低兩格大字單行著録詩人時代，次低一格大字單行著録詩人名氏，次低兩格大字單行附作者生平簡介，次録詩文。作者簡介之後，間有『退菴詩話』，低兩格小字雙行，内容或考辨作者生平，或評論詩作。詩文之後，間有評論，低兩格雙行小字，或據他書記載介紹與詩文内容相關之背景，或介紹詩文撰寫之經過，其文多取自説部叢書。

《三管英靈集》輯成，未及刊刻，梁章鉅即將其中所附『退菴詩話』抽出，略加損益，於道光二十一年（1841）刊行，是爲《三管詩話》三卷。道光二十一年二月，《三管英靈集》編成，未及刊刻，梁章鉅調任江蘇巡撫，梁章鉅遂委託秀峰書院山長黄春亭續成其事，事載梁章鉅《三管詩話序》。梁章鉅於《三管詩話自序》中云：『余撫粤西將五年，隨時訪録都人士舊詩，已得數百家，約可編成四十餘卷。閑綴詩話若干條，附於各家之後。初屬楚南楊紫卿明經總司校勘，不終事以去。繼之者爲臨桂閔鶴雛孝廉，又以計偕而止。而余亦遂量移吴下，匆匆治裝。其編次之義例，卷數之分合，字句之歧僞，皆未遑手定也。瀕行，乃以全稿歸秀峰山長黄春亭明府。春亭沈潛好學，必能是正而督成之。惟所綴詩話，好事者皆以先睹爲快，乃復略加删潤，别爲三卷，先付梓人。昔秀水朱氏編《明詩綜》，綴以《静志居詩話》，近人即有專取詩話别訂成書者，今亦竊仿其例，楮墨無多，則時地限之。而區區抱殘守闕之心，當亦都人士所不忍聽其湮没者。拾遺捃逸，尚望同志者擴而充之云爾。』

黄春亭續成其事，編《三管英靈集》爲五十七卷。卷一至五十爲歷代粤西籍詩人著作。卷一爲唐，自曺鄴始；卷二爲唐、五代、宋；卷三至八爲明；卷九至四十九爲清順治至道光間；卷五十爲年代出處未詳者十一人、年代居邑未詳者八人；卷五十一至五十三爲『閨秀』；卷五十四爲『方外』；卷五十五至五十七爲『流寓』。

《三管英靈集》編成之後，僅刻印一次，即清道光間桂林省城十字大街湯日新堂刻本，此刻本今可知者不過三部。一爲國家圖書館藏本，係鄭振鐸先生舊藏。據書中藏書印，此書係况澄舊藏，後歸况周頤，民國間爲鄭振鐸先生購得。鄭先生飛機失事後，西諦藏書捐贈給文化部，後歸國家圖書館。一爲湖南圖書館藏本。一九五八年春，時任中共中央主席、國家主席毛澤東到廣西視察工作，主持『南寧會議』期間，毛澤東曾點名調看《三管英靈集》，時廣西無完帙，遂從湖南圖書館調閲此書。一爲桂林圖書館藏本，係殘本，後桂林圖書館據湖南圖書館藏刻本鈔配補全。

本次影印之底本，即國家圖書館藏本。翻檢一過，書中所鈐藏書印如下：篆字『况澄／之印』陰文朱文方印、篆字『少吴』陽文朱文方印、篆字『桂林况周頤藏書』陽文朱文長方印、行楷『長乐鄭／振鐸西／諦藏書』陽文朱文方印、篆字『長樂鄭氏／藏書之印』陽文朱文長方印、篆字『北京圖／書館藏』陽文朱文長方印。據藏書印可知《三管英靈集》遞藏情况爲：况澄（字少吴，1799—1866）藏書，後歸其侄子况周頤（字夔笙，1859—1926），民國間歸鄭振鐸（筆名西諦，1898—1958），鄭振鐸逝後歸北京圖書館即今國家圖書館。

國圖藏本天頭處多有墨筆批校題識，内容或敘原詩之出處，或糾原書之謬，或指出原書漏收之詩文，考證精詳，多有裨於讀者。

梁章鉅輯《三管英靈集》，時間在汪森《粤西詩載》、張鵬展《嶠西詩鈔》之後，内容大多反映廣西山川、名勝古跡、經濟文化、社會生活、民族風情等，對研究廣西歷史和人物很有價值。

此外需要説明的是，本書對原書首尾無文字、批校、鈐印之筒子葉統一作了删除；對於原書之封一，統一作了保留，并將封四移至封一之後，以明原書各册之分合。部分底本葉面因保存等方面的原因而造成的文字模糊、字跡漫漶、葉面破損等，亦盡量作了修補。

馬豔超

目録

三管英靈集

八一一

類別
編號 41925
冊數 20
售價 25.00

三管英靈集

凡例

一粵西詩向無彙集上林張南松通政始有嶠西詩鈔之刻徵採閱十載而成創闢之功勤矣顧覽者猶有未饜於心茲編則蒐羅較廣而體例亦加嚴非競美於前人實增華於踵事

一粵西詩人自二曹乃顯唐以前無徵故採自唐始元代作者亦復闕如宋明兩代有集名見於書目而詩已散佚者所存葢亦不多是編由各州縣採送本集

選集外凡唐後之說部叢書石刻及郡邑志詳加蒐
輯其成篇什者錄之其殘篇斷句另編爲詩話附各
詩之後資考証焉

一近時作者其人倘存則其詩不錄昭明輯選具有成
規良以造詣定諸身後而近名戒於生前玆收近代
之詩必其人皆已往者

一卽詩存詩其學力精到卓然名家者固有美必收其
他偶然成韻及躭癖而詣未至者亦必量爲採擇一
以取其天籟之眞一不沒其苦吟之志

一因人存詩其名在鼎彝詩爲雅頌者固珍如拱璧在所不遺至若理學經濟氣節勳名炳於史冊在人耳目間者其人雖不以詩名而但得覯其遺篇卽風雅賴之不墜

一詩載本集又旁見他刻往往字句互異必悉心比校擇其長者從之若只見本集無別本可校其中間有義意未醒音律弗協足累一篇者亦必悉心爲之斟酌期得其本意而止

一應制之作唐人編集未嘗區別後人則釐爲別體玆

集摘收其賡歌朝廟之篇其科場試帖概不羼入
一全唐詩諺謎占餅酒令皆編爲卷是編惟錄正體外
此雖填詞亦不載
一閨秀方外各編爲卷於後流寓又後之非久於粤者
不闌入
一編次以其人鄉會中式之年爲先後其未與甲乙科
者約計其時代附焉其年代里居均不可考者另爲
一冊
一作者必詳其里居其事跡有可傳者附載里居之後

必標明見於某書以示傳信

一粵西爲唐桂邕容三管地今名是編曰三管英靈集襲殷璠河嶽之稱闢嶺右菁華之藪不必用其體例也

一詩有編定之後方徵到者隨卷附入次序不無小有參差至未載里居時代續經查出者但於名下夾註不重改編又名字里居其展轉傳鈔無專刻者原本往往錯訛今就見聞所及者改之所不及者雖有疑似難以臆斷　識者從而正之是所甚望

桂林省城十字大
街湯日新堂刻刷

三管英靈集目錄

福州梁章鉅輯

函海全五代詩卷七十四
楚嵩說桂州人 七古三首 五律卅四首 七絕三首
嵩譜說第 七古一首
此集未收應增入
宋詩紀事卷八十二 無時代
徐璽 綠珠渡古體一首
應增入此集
徐璽博白人宋仁宗時

三管英靈集

五代

梁 嵩一首

宋

周 渭二首 一　覃慶元一首

徐 璽一首　林 通一首

馮 京二首　安昌期一首

李時亮二首　歐陽闢一首

陶 崇二首　張茂艮一首

唐 弼二首　陸 蟾一首

卷第三

明

卷第四

卷第五

卷第六

卷第九

國朝

卷第十一

國朝

江樹玉興安人以選拔
中式雍正七年己酉舉
人任刑部河南司郎中廿
兩寧夏府知府有豆村
偶詩一冊前有乾隆十年乙丑
何元英己巳楊芳序
此集漏載

卷第十四

國朝

卷第十五

國朝

卷第十六

國朝

卷第十七

國朝

卷第十八

國朝

卷第二十一

國朝

卷第二十四

國朝

黄東昀四十六首　滕問海二十一首

卷第二十五

國朝

朱依魯十四首　龍其襄四首

石讚韶五首　周　琢九首

唐國玉一首　馮紹業一首

周　瓊八首　吳道萱十二首

卷第二十六

國朝

卷第二十七

國朝

卷第二十八

國朝

以上三名實一人

全吾齡 鄉試題名錄乾隆五十一年丙午科舉人雲川人興業教諭有名吾齡

朱齡 字希九乾隆五十二年舉人官興業訓導

全齡 字希九雲川人乾隆五十一年舉人

韋毓瑚二首　蘇獻可一首
黄　蘇七首　潘　鯛七首
汪廷璐一首　石　漢六首
李　均一首

卷第三十

國朝

張鵬展五十九首

卷第三十一

國朝

熊方受五十九首

卷第三十二

國朝

劉啓元十八首　蘇厚培二首

黃瑤一首　李覲龍二首

黎卓仁三首　朱桓三十首

卿祖勅一首　龍濟濤十六首

周貽綸三首

卷第三十三

國朝
夏之松三首　張鵬超二首
鄧培綬一首　梁之瑰二首
陳守緯四首　陸孔貞一首
黎樹鐸一首　廖　植六首
朱鈞直十一首　童毓靈二十六首
卷第三十四
國朝
朱依真四十二首

卷第三十五

國朝

卷第三十六

國朝

卷第三十七

國朝

卷第三十八

國朝

卷第四十二

國朝

呂　璜五十五首

卷第四十五

國朝

王長齡一首　韋慶祚二首
許鏤齡七首　粟葆文五首
周貽纁八首　馮志超一首
韋天寶一首　黄金聲二首
梁　垣一首　周紹祖三首
何家齊三十四首　周貽經一首

卷第四十六

國朝

茹英猷一首　茹英明五首
孔毓榮一首　黃智明二首
鄧　濬二首　陳乃書一首
陳延祺二首　張澄源二首
蘇懿訓一首　彭廷楠一首
謝乃勷四首　羅　辰二十首

卷第四十七

國朝

潘光萱二十五首　袁昭夏十一首

卷第四十八

國朝

卷第五十一

閨秀

卷第五十二

閨秀

卷第五十三

東　符一首　　一　齋一首

卷第五十五

流寓

李秉禮五十九首

卷第五十六

流寓

朱　鍴十九首　　王　塤三十四首

卷第五十七

流寓

三管英靈集之

全唐詩甲函第七冊
鄴字業一作鄴之桂州人

三管英靈集卷一

福州梁章鉅輯

唐

曹鄴

鄴字鄴之陽朔人登大中進士第由天平軍幕府歷祠部郎中洋州刺史有集二卷

四庫全書提要云曹祠部集二卷唐曹鄴撰明蔣冕稱鄴登大中間進士第由天平節度使掌書記累遷太常博士祠部郎中仕至洋州刺史然鄭谷雲臺編有送曹鄴吏部歸桂林詩則又嘗官吏部冕考之未盡也全唐詩錄載鄴嘗爲四愁三怨五情詩爲中書舍人韋慤所知力薦主司登第爲詩效魏晉近體

較少徐獻忠曰鄭詩得於樂府古辭使人忘其鄙近張鳴鳳桂故鄭始爲太常博士時相高璩白敏中相繼薨鄭建言璩交游醜雜進取多蹊徑謚法不思妄愛曰刺請謚爲刺又責敏中病不堅退且逐諫臣擧怙威肆行謚曰醜鄭之持論不阿畧見兩人傳退菴詩話云曹鄴詩唐書藝文志作三卷宋史藝文志作二卷陳振孫書錄解題作一卷今本二卷乃全州蔣文定公所刻後附曹唐詩一卷郎　四庫所錄也其實吾閩長樂謝肇淛甌甯范邦秀皆先有刻本蔣文定公特重加校梓耳

風人體

出門行一步形影便相失何況大隄上驄馬如箭疾夜夜如織婦尋思待成匹郎只不在家在家亦如出將金與卜

日

人論道遠行吉念郎緣底事不具天興曰

恃寵

二月樹色好昭儀正嬌奢恐君愛陽豔斫却園中花三十六宮女髻鬟各如鴉君王心所憐獨自不見瑕臺上紅燈盡未肯下金車一笑不得所塵中恐無家飛燕身更輕何必恃榮華

四望樓 樓在洛陽東今廢秦時有貴公子賈虛每自宴其上

背山見樓影應合與山齊座上日已出城中未鳴雞無限燕趙女吹笙上金梯風起洛陽東香過洛陽西公子長夜

醉不聞子規啼

吳宮宴

吳宮城闕高龍鳳迤相倚四面鏗鼓鐘中央列羅綺春風時一來蘭麝聞數里三度明月落青娥醉不起江頭鐵劍鳴玉座成荒壘適來歌舞處未知身是鬼

戰城南

千金畫陣圖自爲弓劍苦殺盡田野人將軍猶愛武性命換他恩功成誰作主鳳凰樓上人夜夜長歌舞

古相送

行人卜去期白髮根已出執君青松枝空數別來日心如七夕女生死再難匹且願車聲追莫使馬行疾巫山千丈高亦恐夢相失

登岳陽樓有懷寄座主相公

南登岳陽樓北眺長安道不見昇平里千山樹如草骨肉在南楚沈憂起常早白社愁成空秋燕待誰掃常聞詩人語西子不宜老頼識丹元君時來語蓬島

去不返

寒女不自知嫁爲公子妻親情未識面明日便東西但得

上馬了一去頭不回雙輪如鳥飛影盡東南街九重十二門一門四扇開君從此路去妾向此路啼但得見君面不辭插荆釵

長相思

剪妾身上巾贈郎傷妾神郎車不暫停妾貌甯長春青天無停雲滄海無停津遣妾空牀夢夜夜隨車輪

貴宅

入門又到門到門戟相對玉簫聲尙遠疑似人不在公子厭花繁買藥栽庭內望遠不上樓窗中見天外此地日烹

羊無異我食菜自是愁人眼見之若奢泰

薊北門行

長河凍如石征人夜中戍但恐筋力盡敢憚將軍遇古來死未歇白骨礙官路豈無一有功可以高其墓親戚牽衣泣悲號自相顧死者雖無言那堪生者悟不如無手足得見齒髮暮乃知七尺軀卻是速死具

姑蘇臺

南宮酒未消又宴姑蘇臺美人和淚去半夜閶門開相對正歌舞笑中聞鼓鼙星散九重門血流十二街一去成萬

古臺盡人不回時開野田中拾得黃金釵

棄婦

嫁來未曾出此去長別離父母亦有家羞顏何以歸此日年且少事姑常有儀見多自成醜不待顏色衰何人不識寵所嗟無是非將欲告此意四鄰已相疑

偶懷

開目不見路常若夜中行最賤不自勉中塗與誰爭蓬爲沙所厄還向沙上生一年秋不熟安得便廢耕顏子命未達亦遇時人輕

趙城懷古

邯鄲舊公子騎馬又鳴珂手揮白玉鞭不避五侯車閑愁春日短沽酒入倡家一笑千萬金醉中贈秦娥如今高原上樹樹白楊花

續幽憤 嵇康呂安連罪賦此詩鄭言李御史甘死封之事

繁霜作陰起朱火乘夕發清晝冷無光蘭膏坐銷歇惟公執天憲身是臺中傑一逐楚大夫何人爲君雪恩恩鬼方路不許辭雙闕過門似他鄉舉趾如遺轍八月黃草生洪濤入雲熱危魂没太行客弔空骨節千年瘴江水恨聲流

不絕

城南野居寄知己

奔走未到我在城如在村出門既無意豈如常閉門作詩二十載闕下名不聞無人爲開口君子獨有言身爲苦寒士一笑亦感恩慇懃中塗上勿使車無輪

寄賈馳先輩

游子想萬里何必登高臺聞君燕女吟如自薊北來長安高蓋多健馬東西街盡說蒿簪古將錢買金釵我祖西園事言之獨傷懷如今數君子如烏無樹棲濟水一入河便

與清流乖鬭君欲自持勿使吾道低

霽後作

新霽辨草木晩塘明衣襟乳燕不歸宿雙雙飛向林微照露花影輕雲浮麥陰無人可招隱盡日登山吟

薄命妾

薄命常惻惻出門見南北劉郎馬蹄疾何處去不得淚珠不可收蠶絲不可織知君緣桑下更有新相識

東武吟

心如山上虎身若倉中鼠惆悵倚市門無人與之語夜宴

全唐詩不分也八格

李將軍欲望心相許何曾聽我言貪讒邯鄲女獨上黃金臺淒涼淚如雨

讀李斯傳

一車致三轂本圖行地速不知駕馭難舉足成顛覆欺暗尙不然欺明當自戮難將一人手掩得天下目不見三尺墳雲陽草空綠

退菴詩話云蔣文定公二曹集跋稱髫齔時見鄰之讀李斯傳詩於書坊所刻古文眞寶中難將一人手掩得天下目之句喜而誦之甚習而不知爲誰所作及游京師讀唐文粹始知爲公詩今考之集中其詩全篇十二句姚鉉節其首八句而以此四句載於文粹中古文眞寶因而取之按今二曹集本及全唐

詩本皆係十句
似又有删節耳

送李殷下第遊汾河

上國花照地遣君向西征傍人亦有恨況復故人情單車欲云去别酒忽然醒如何今夜夢半作道路程邊士不好禮全家住軍城城中鼓角嚴旅客常夜驚中有左記室逢人眼光明西門未歸者下馬如到京還應一開卷爲子心不平慇懃說忠抱壯志勿自輕

送友人入塞

亂蓬無根日送子入青塞蒼茫萬里秋如見原野大鳥雀

寒不下山川迴相對一馬沒黃沙登高望猶在驚風忽然起白日黯已晦如何怨路長出門天涯外

怨歌行

丈夫好弓劍行坐說金吾喜聞有行役結束不待車官田贍倡婦留妾侍舅姑舅姑皆已死庭花半是蕪中妹尋適人生女亦嫁夫何曾寄消息他處却有書嚴風厲中野女子心易孤貧賤又相負封侯意何如

下第寄知己

長安孟春至枯樹花亦發憂人此時心冷若松上雪自知

才不堪豈敢頻泣血所痛無罪者明時屢遭刖故山秋草多一卷成古轍夜來達心起夢見瀟湘月大賢冠蓋高何事憐屑屑不合傷弓鳥日暮飛吳越間知感激語胸中如有物舉頭望青天白日頭上沒歸來通濟里開戸山鼠出中庭廣寂寥但見薇與蕨無慮數尺軀委作泉下骨唯愁攬清鏡不見昨日髮願憐閨中女晚嫁唯守節勿惜四座言女巧難自說

成名後獻恩門

爲物稍有香心遭蠹蟲嚙平人登太行萬萬車輪折一辭

謂談詩家多譏之有
何憑據於退菴私見耳

桂嶺猿九泣東門月年年孟春時看花不如雪僻居城南隅顏子須泣血沈埋若九泉誰肯開口說辛勤學機杼坐對秋燈滅織錦花不常見之盡云拙自憐孤生竹出土便有節每聽浮競言喉中似無舌忽然風雷至驚起池中物拔上青雲巔輕如一毫髮瓏瓏金鎖甲稍稍城烏絕名字如鳥飛數日便到越幽蘭生雖晚幽香亦難歇何以保此身終身事無缺

退菴詩話云名字如鳥飛十字談詩家多譏之然春風得意馬蹄疾一日看徧長安花唐人情狀大半如是錄之以存其眞云爾若夫何以保此身終身事無缺榜上幾人曾設此想正可以覘祠部之樹立矣

詩無可笑而云爲方家所笑特退菴一人之見耳唐特爲主東國選此詩

杏園卽席上同年

岐路不在天十年行不至一旦公道開青雲在平地枕上數聲鼓衡門已如市白日探得珠不待驪龍睡忽忽出九衢僮僕顏色異故衣未及換尙有去年淚晴陽照花影落絮浮野翠對酒時忽驚猶疑夢中事自憐孤飛鳥得接鸞鳳翅永懷共濟心莫起胡越意

退菴詩話云此詩亦爲方家所笑然通首情景皆眞遂亦不可磨滅如故衣未及換尙有去年淚及對酒時忽驚猶疑夢中事語皆痛切結處尤得立言之體蔣文定公跋謂曾次此詩韻以寓景慕之意又謂晃於此詩寤寐不忘者五十年亦可謂傾倒之至矣

奉命齊州推事畢寄本府尚書

越烏棲不定孤飛入齊鄉日暮天欲雨那兼羽翮傷州民言刺史蠹物甚於蝗受命大執法草草是行裝僕隸皆分散單車驛路長四顧無相識奔馳若投荒重門下長鎖樹影空過牆驅囚遶廊屋觸觸如牛羊獄吏相對語簿書堆滿床敲枷打鎖聲終日在目旁旣捨三仙侶來餘五斗糧忍學空城雀潛身入官倉國中天子令頭上白日光曲木用處多不如直為梁恐孤食恩地晝夜心不遑仲夏天氣熱鬢鬚忽成霜社鼠不可灌城狐不易防偶於擒縱間盡

得見否臧截斷姦吏舌擘開冤人腸明朝向西望走馬歸汶陽

將赴天平職書懷寄翰林從兄

居處絕人事門前雀羅施誰遣辟書至僕隸皆展省匹馬渡河洛西風飄路歧手執王粲筆閑吟向旌旗香曉翠蓮動吟餘紅燭移開口談酒肉將何報相知況我魏公子相顧不相疑豈學官倉鼠飽食無所爲白露沾碧草芙蓉落清池自少不到處全家忽如歸吾宗處清切立在白玉墀方得一侍座單車又星飛願將門底水永託萬頃陂

賀雪寄本府尚書

雨雪不順時陰陽失明晦麥根半成土農夫泣相對我公誠訢天天地忽已泰長飈卷白雲散落羣峰外拂砌花影明交官鶴翎碎宿鳥晨不飛猶疑月光在碧樹香盡發蠹蟲聲漸退有客懷兎圓吟詩遶城內

送厲圖南下第歸澧州

當春人盡歸我獨無歸計送君自多感不是緣下第君看山上草盡有干雲勢結根既不然何必更掩袂澧水鱸魚賤荆門楊柳細勿爲陽豔留此處有月桂言畢尊未乾十

二門欲閉佇立望不見登高更流涕吟君別我詩悵望水
煙際

翠孤至渚宫寄座主相公

萬里一孤舟春行夏方到骨肉盡單羸沈憂滿懷抱羈孤
相對泣性命不相保開戶山鼠驚蟲聲亂秋草白菌緣屋
生黃蒿擁籬倒對此起長嗟芳年亦須老恩門爲宰相出
入用天道忽然摧落間收得青松操全家到江陵屋虛風
浩浩中腸自相伐日夕如寇盜其下有孤姪其上有孀嫂
黃糧賤如土一飯常不飽天斜日光薄地溼蟲叫噪惟恐

道怨消形容益枯槁古人於黃雀豈望白環報奉答恩地恩何懃以誠告

從天平節度使遊平流園

池塘靜於寺俗事不到眼下馬如在山令人忽疎散明公有高思到此遂長逐乘輿挈一壺折荷以爲盞入竹藤似蝸侵牆水成蘚幽鳥不識人時來拂冠冕沿流路若窮及行路猶遶洞中已云夕洞口天未暝自憐不覊者寫物心嘗簡翻愁此興多引得稽康嬾

寄監察從兄

全唐詩曹函第二本曹鄴
送劉尊師祇詔闕廷七律
三首　此即第一首及第
遺　三首也

我祖居鄴地鄴人識文星此地星已落兼無古時城古風旣無根千載難重生空留建安書傳說七子名賤子生桂州桂州山水清自覺心貌古兼合古人情因爲二雅詩出語有性靈持來向長安時得長者驚芝草不爲瑞還共木葉零恨如轍中土終歲塡不平吾宗戴豸冠忽然入西京憐其羽翼單撫若親弟兄松根已堅牢松葉豈不榮言罷眼無淚心中如酒醒

送劉尊師祇詔闕廷

三唐所收曹鄴詩五十首内四十八首全唐詩並載惟此二首未收此必有誤

海風葉葉駕霓旌天路悠悠接上清錦誥淒涼遺去恨玉

簫哀絕醉離情五湖夜月幡幢遥雙闕清風劍佩輕莫道
誓辭華表柱已應千載是歸程

仙老開眠碧草堂帝書徵入白雲鄉龜臺欲署長生籍鸞
殿還論不死方紅露想傾延命酒素烟思爇降真香五千
言外無文字更有何詞贈武皇

送進士下第歸南海

數片紅霞映夕陽攬君衣袂更移觴行人莫歎碧雲晚上
國每年春草芳雪過藍關寒氣薄雁回湘浦怨聲長應無
惆悵滄波遠十二玉樓非我鄉

碧潯宴上有懷知己 臨桂

荻花蘆葉滿溪流一簇笙歌在水樓金管曲長人盡醉玉簪恩重獨生愁女蘿力弱難逢地桐樹心孤易感秋莫怪當歡却惆悵全家欲上五湖舟

題濮廟

曉祭瑤齋夜叩鐘鰲頭風起浪重重人間直有仙桃種海上應無肉馬蹤赤水夢沈迷象罔翠華恩斷泣芙蓉不知皇帝三宮駐始向人間著袞龍

早起

月墮滄浪西門開樹無影此時歸夢闌獨立梧桐井

庭草

庭草根自淺造化無遺功低回一寸心不敢怨春風

金井怨

西風吹急景美人照金井不見面上花却恨井中影

怨詩

美人如新花許嫁還獨守豈無青銅鏡終日自疑醜

老圃堂

邵平瓜地接吾廬穀雨乾時手自鋤昨日東風欺不在就

全唐詩有此首

牀吹落讀殘書

退菴詩話云此詩曹祠部集所無今從唐詩紀事錄出又廣西舊志載西郎山在陽朔縣西半里許有石如人西面拱立曹鄴詩云西郎何事面西方欲會東郎隔大江自古明良時一遇東郎未會恨斜陽又東郎山在陽朔縣東南十里廣可容數百家舊有東人村宋時進士莫知微寓此曹鄴詩云東郎屹立向東方翹首朝朝候太陽一片丹心存萬古誰云坐處是遐荒按此二詩亦祠部集所無 全唐詩亦未錄詞意頗淺率姑附錄於此

聽劉尊師彈琴

曾於清海獨聞蟬又向空庭夜聽泉不似齋堂人靜處秋聲長在七條絃

題山居

掃葉煎茶摘葉書心閑無夢夜窗虛只因光武恩波晚豈
是嚴君戀釣魚

闈試前送進士姚潛下第歸南陽

馬嘶殘日沒殘霞二月東風便到家莫羨長安占春者明
年始見故園花

題舒鄉

功名若及鴟夷子必擬將舟泛洞庭柳色湖光好相待我
心非醉亦非醒

寄陽朔友人初第時

桂林雖產千株桂未解當天影日開我到月中收得種爲
君移向故園栽

三管英靈集卷一

全唐詩酉函第二本
堯賓初為道士後舉進
士不第咸通中累為使
府從事詩三卷今編二卷

三管英靈集卷之二

福州梁章鉅輯

曹唐

唐字堯賓桂林人初爲道士大和中返初服舉進士累辟諸府從事有集一卷

四庫全書提要云唐志載曹唐集亦三卷蔣文定公求其原本不獲乃蒐諸選本裒成一卷附之曹鄴詩後以二人皆粵產耳

洛東蘭若歸

一衲老禪牀吾生半異鄉管絃愁裏去書劍夢中忙鳥急

省志收入蒼梧　抄

山初暝蟬稀樹正涼又歸何處去塵路月蒼蒼

仙都卽景

黃帝登眞處青青不記年孤峰應礙日一柱自擎天石怪長棲鶴雲閑若有仙鼎湖看不見零落數枝蓮

南游

盡興南游卒未回水工舟子不須催政思碧樹關心句難放紅螺醮甲杯漲海潮生陰火滅蒼梧風暖瘴雲開蘆花寂寂月如練何處笛聲江上來

奉送嚴大夫再領容府二首

海風捲樹凍嵐消憂國甯辭嶺外遥自顧勤劳甘百戰不將功業負三朝劍澄黑水曾芟虎箭劈黄雲慣射雕代北天南盡成事肯將心許霍嫖姚

日照雙旌射火山原注嶺表錄云梧州西有火山下有澄潭無底山頭夜見火二尺如野燒然廣十餘丈或言水中有寶珠也焰如火山產荔枝四月子丹以其熱故曰火山笑迎賓從却南還風雲暗發談諧外感會潛生氣概間斷竹水翻臺榭溼刺桐花落管絃間無因得覩真珠履親從新侯定入蠻

望九華寄池陽杜員外

戴月早辭三秀館遲明初識九華峰差差玉劍寒鋩利裊

裹青蓮翠葉重奇狀却疑人畫出嵐光如爲客添濃行春若到五溪上此處搴帷正面逢

皇初平將入金華山

莫道眞游烟景賒瀟湘有路入金華溪頭鶴樹春常在洞口人家日易斜一水暗鳴開繞澗五雲長往不還家白羊成隊難收拾喫盡溪邊巨勝花

退菴詩話云陳振孫言曹唐有大小游仙詩葢集中漢武帝候西王母及劉阮與仙子贈答以下十餘篇爲大游仙 其玉簫金瑟發商聲以下九十八絕句爲小游仙 四庫提要稱曹唐游仙詩最著名然諸篇姓名雖易語意畧同實非傑出之作此言良是且如劉阮洞中遇仙子題而結句但云免令仙犬吠劉郎

仙子洞中懷劉阮題結句亦但云此生無處訪劉郎詩律之踈至是而諸家選本猶盡登之過矣今悉不錄而姑存皇初平一首以見其槪云

贈南嶽馮處士

白石溪邊自結廬風泉滿院在幽居。鳥啼深樹斸靈藥花落閑窗看道書烟嵐曉過鹿裘溼水月夜明山舍虛支頤冷笑緣名出終日王門強曳裾

送康祭酒赴輪臺

灞水橋邊酒一杯送君千里赴輪臺霜黏鏺眼旗聲凍風射犀文甲縫開斷磧簇烟山似米野營軒地鼓如雷分明

會得將軍意不斬樓蘭不擬回

長安客舍敘邵陵舊宴寄永州蕭使君

邵陵嘉樹碧葱籠河漢西沈宴未終殘漏五更傳海月清笳三會揭天風香熏舞席雲鬟綠光射頭盤蠟燭紅今日却思行樂處雨淋絲竹水樓中

木魚金鑰鎖春城夜上紅樓縱酒情竹箭水繁更漏促桐花風軟管絃清百分散打銀船溢十指寬催玉箸輕星斗漸稀賓客散碧雲猶戀豔歌聲

三年身逐漢諸侯賓榻容居最上頭飽聽笙歌陪痛飲熟

壽雲水縱閑游朱門鎖閉烟嵐暮鈴閣清泠水木秋月滿
前山圓不動更邀詩客醉高樓

病馬

騄駬何年别渥洼病來顏色半泥沙四蹄不蹩金砧裂雙
眼慵開玉筯斜墮月兎毛乾觳觫失雲龍骨瘦牙槎平原
好放無人放嘶向秋風苜蓿花
隴上沙葱葉正齊騰黄猶自踢蹶蹄尾蟠夜雨紅絲脆頭
掉秋風白練低力憊未思金絡腦影寒空望錦障泥堦前
莫怪垂雙淚不遇孫陽不敢嘶

不剪焦毛鬣半翻何人別是古龍孫風吹病骨無驕氣土蝕驏花見臥痕未噴斷雲歸漢苑曾追輕練過吳門一朝千里心猶在爭肯潛忘秣飼恩

小游仙

玉詔新除沈侍郎便分茅土鎮東方不知今夕游何處侍從皆騎白鳳皇

偷來洞口訪劉君緩步輕擡玉線裙細擘桃花逐流水更無言語倚彤雲

昨夜相邀宴杏壇等閒乘醉走青鸞紅雲塞路東風緊吹

破芙蓉碧玉冠

風動閒天清桂陰水精簾外冷沈沈西妃少女多春思斜

倚彤雲盡日吟

方士飛軒駐碧霞酒寒風冷月初斜不知誰唱春歸曲落

盡溪頭白葛花

瓊樹扶疎壓瑞烟玉皇朝客滿花前東風小飲人皆醉短

尾青龍枕水眠

絳闕夫人下北方細環清珮響丁當攀花笑入春風裏偷

折紅桃寄阮郎

九天天路入雲長燕過何由到上方玉女暗來花下立手
挼裙帶問昭王

八景風回五鳳車崐崘山上看桃花若教使者沽春酒須
覓餘杭阿姥家

笑擘雲液紫瑤觥共請雲和碧玉笙花下偶然吹一曲人
間因識董雙成

暫隨鳧伯縱閑游飲鹿因過翠水頭宮殿寂寥人不見碧
花菱角滿潭秋

冰屋朱扉曉未開誰將金策扣瓊臺碧花紅尾小仙犬鬬

吹五雲噴客來
玉簫金瑟發商聲 桑葉枯乾海水清淨掃蓬萊山下路畧
邀王母話長生
武帝徒勞厭暮年不曾清淨不精專上元少女絕還往滿
竈丹成白玉烟
南斗闌珊北斗稀茅君夜著紫霞衣獨乘青鹿趁朝去鳳
押笙歌隨後飛
玉邑雌龍金絡頭真妃騎出縱閑游崐崙山上桃花底一
曲商歌天地秋

退菴詩話云小游仙詩實九十八首茲錄十六首皆曹學佺所謂縹緲多世外語也晁公武稱曹唐作游仙詩百篇或曰堯賓嘗作鬼詩唐曰何也或曰井底有天春寂寂人間無路月茫茫非鬼詩而何今集中不見此詩或唐自刪之故不滿百篇歟

嶠南瑣記云曹唐作游仙詩才情縹緲岳陽李遠員外每吟其詩而思其人一日曹往謁之李倒屣而迎曹體幹充偉李戲之曰昔日未覩標儀將謂可乘鸞鶴此際接晤竊恐壯水牛亦將不勝其載耳

題武陵洞

此生終使此身閑不是秦時且要還努力桃花與流水莫辭相送到人間

退菴詩話云張爲主客圖載曹唐遺句云斬蛟青海上射虎黑山頭　簫聲欲盡月色苦依舊漢家宮樹

全唐詩酉函第二本、曹唐詩後附句、斬蛟二句、注見紀事、翁聲一西班知詩句、注、以上見性為主家園、此乃云全唐詩所未錄何耶、

抄

秋　一曲哀歌茂陵道漢家天子葬秋風　誰知漢武無仙骨滿竈黃金成白烟皆　全唐詩所未錄

趙觀文

觀文臨桂人乾甯二年廷試第一官翰林侍講

退菴詩話云乾甯二年試觀人文化成天下賦內出白鹿宣示百僚詩放進士張貽憲等二十五人觀文第八被黜者訴不當乃重試觀文遂魁多士時中官劉季述輩專橫觀文以為言忤宰相意謝病歸

桂林新修堯舜祠祭器頌

大哉堯舜眞風不弭以聖禪聖不子其子舉賢登庸投凶禦魅大功漸著南巡脫屣九疑雨沈蒼梧雲起偉歟元蹤遺於桂水蒼生思之牢醴千祀俎豆禮缺元侯克備發揮

伴行二句廖融贈王元句
見全五代詩注
卷六十二〇九六 此
全五代詩載四首惟無哭
李韶一首　有王元兩争此
集未錄　函海第十一冊一本

古典駢羅雅器三獻得儀雍容劍履教人爲臣可達深旨
翠巘稽天紅輪出地

王　元

元字文元桂林人生唐末隱居不仕

退菴詩話云王文元與任鵲淩蟾王正已翁宏廖融相友善皆唐末隱士也　全唐詩中載詩五首倘有贈廖融句云伴行惟瘦鶴尋步入深雲見唐詩紀事

登祝融峰

草蔓到孤頂身齊萬鳥翔勢疑撞翼軫翠欲滴瀟湘雲溼幽崖滑風梳古木香晴空聊縱目沓沓極窮荒

懷翁宏

獨夜思君切無人知此情滄洲歸未得華髮別來生孤館木初落高空月正明違書多隔歲獨念沒前程

聽琴

拂塵開素匣有客獨傷時古調俗不樂正聲君自知寒泉出澗澀老檜倚風悲縱有來聽者誰堪繼子期

哭李韶

韶也命何奇生前與世違貧棲古梵剎終著舊麻衣雅句僧鈔稱孤墳客弔稀故園今孰在應見夢中歸

題鄧真人遺址

三千功滿仙昇去留得山前舊隱基但見白雲長掩映不知浮世幾興衰松梢風觸霓旌動檞葉霜沾鶴翅垂近代無人尋異事野泉噴月瀉秋池

翁宏

宏字大舉桂林人唐末寓居韶賀間

退菴詩話云全唐詩載大舉詩三首又有送人下峽句云萬木橫秋裏孤舟半夜猿詠曉月句云漏光殘井甃缺影背山椒湘江吟句云風回山火斷潮落岍冰高粵西文載又有南越行句云因尋買珠客誤入射猿家細雨句云何處殘春夜和花落古宮途中逢友人句云孤舟半夜雨上國十年心惟湘江吟十

字他處又作裴諧句而細雨十字
赤雅以爲木客所作則恐誤也

送廖融處士南游

病臥瘴雲間莓苔漬竹關孤吟牛渚月老憶洞庭山壯志
潛消盡淳風竟未還今朝忽相遇執手一開顏

退菴詩話云廖融有謝翁宏以詩百篇見示詩云高
奇一百篇造化見工全則翁詩之富可想今僅存者
三篇亦可歎矣廖詩又云積思游滄海冥搜入洞
天神珠迷罔象瑞玉匪雕鐫其互相推重如此

春殘

又是春殘也如何出翠幃落花人獨立微雨燕雙飛寓目
魂將斷經年夢亦非那堪向愁夕蕭颯暮蟾輝

秋殘

又是秋殘也無聊意若何客程江外遠歸思夜深多峴首飛黃葉湘潛走白波仍聞漢都護今歲合休戈

五代

梁　嵩

嵩平南人南漢白龍元年舉進士第一官至翰林學士見時多虐政乞歸養母因獻倚門望子賦以見志朝廷憐之聽其去錫賚皆卻不受請蠲本州一歲丁賦從之州人感其德身後歲祀不絕今白馬廟其遺

蹟也事蹟具十國春秋

殿試荔枝詩

露溼臙脂拂眼明紅袍千裹畫難成佳人勝盡盤中味天意偏教嶺外生橘柚遠慙登貢籍鹽梅應合共和羮金門若得栽培地須占人間第一名

宋

周渭

渭字得臣恭城人建隆初召試賜同進士出身歷官兩浙東西轉運使遷侍御史終彰信軍節度副使

贈吳崇岳

褚爲冠子布爲裳吞得丹霞壽最長混俗性靈常樂道出
塵風格早休糧枕中經妙誰傳與肘後方新自寫將百尺
松梢幾飛步鶴栖枝上禮虛皇

郡國雅談云吳崇岳泉州龍興觀道士辟穀多年嘗
登松梢禮拜處松枝六七十尺福建漕使周渭贈以
詩云
云

獨秀山　臨桂

平生賦性愛觀瀾今日登臨獨秀山天錫卦爻分象外地
將圭笏出人間一州水遶孤城小五嶺山高衆埡難極目

宋詩紀事卷八十二
載此一首

抄

紫宸何處是碧雲深裏佩珊珊

覃慶元

慶元融縣人景德二年進士官御史中丞

融縣志云覃慶元邑之太平鄉人上柱國太子賓客光佃之子翰林楊億見其文甚重之今僅存詩一首

登立魚峯 馬平

載酒聽鶯語春風到處吹魚峯如有約蠟屐正相宜

徐 噩

噩字伯殊博白人宋仁宗時鄉舉攝宜州討區希範有功授白州長史皇祐中儂智高叛噩引兵追至函

省志收

抄

陽大捷歷戰於金城驛援兵不至死之贈大理寺丞

事蹟見一統志

綠珠渡 博白

早出綠蘿村暝過綠珠渡日落白州城草芳梁女墓江水流古今滔滔不相顧今人不見古時人依舊青山路如故

林通

通字達夫富川人宋仁宗時官御史棄歸隱縣之豹山人名其山曰隱山巖曰潛德

穿石巖

宋詩紀事卷十六
載此二首

宋朱翌亦有灊山集
見知不足齋叢書

極判而來不計年斯巖體樸本渾然鑿開混沌鴻濛透
出明通公溥天老去投林得幽趣困來枕石聽潺泉爲烹
山茗供清興猿挂荒藤鶴避烟

馮　京

京字當世宜州人皇祐元年進士禮部試廷試皆第
一官至參知政事以觀文殿大學士出鎮河陽歷大
名彰德拜太子太師致仕卒贈司徒謚文簡事蹟具
宋史本傳有灊山集
退菴詩話云馮文簡解試寓鄂渚而生長實在宜州
祖塋在龍江浪步之北今有馮村詳見方輿勝覽而

兩詩並三聯皆從宋詩
紀事錄出
馮當世京未第時客餘
杭縣為倅通判拘計實
乞出題詩於寓寺壁云
韓信棲遲項羽窮手提
長劍喝秋風呼嗟天下蒼
生眼不識男兒未濟中
一舉魁花某見之為白令
乃寬假令疑胥受賦游

宋史以為鄂州江夏人宋詩紀事因之蓋但據其解
試之地廣西舊志以為藤縣人亦誤蓋嘗流寓入藤
前明潘恩詩所謂鍾靈自龍水混跡入鐔津者是也
所著灊山集今不可考僅從揮麈後錄中錄得賜筵
史院五律一首湘山野錄中錄得謝鄂倅七律一首
鶴林玉露中有零句云琴彈夜月龍魂冷劍擊秋風
鬼膽驫又塵埃掉臂離長陌琴酒和雲入舊
山又豐年足酒容身易世路無媒插腳難

詔修兩朝國史賜筵史院和首相吳公原韻

天密靉雲晚風清一雨餘三長太史筆二典帝王書接武
知何者濡恩匪幸歟吐茵平日事何憚污公車

謝鄂倅南宮城

嘗思鵬海隔飛搏曾得天風送羽翰恩比邛山何以載心

紀事

紀事

既得物故某昨見其既留詩知他日必貴今索其詩玩之即笑而釋其事後京果三元及第 堅瓠乙集卷二第十一頁

泊宅編卷一第四頁詳此事

宋詩紀事卷十八末載此一首

同金石欲移難經年空歎音書絕千里常思道義歡每向江陵試遺治邑人猶指縣題看

湘山野錄云馮大參當世始求薦於武昌會司文宗者庸謬寡鑒堅欲黜落叉欲置末綴時鄂倅南宮城監試當拆封定卷大不平奮臂力主之以公冠於鄉版果取大魁釋褐除荆南倅時南宮遷潭倅馮以詩謝之云云

安昌期 紀事云昌期皇祐初擧進士調永定尉去官放浪山水間

昌期恭城人皇祐間官永淳縣尉

題峽山石壁 題清遠峽和光洞

蕙帳將辭去猿猱不忍啼琴書自爲樂朋友孰相攜丹竈

宋詩紀事卷廿一末

紀事作吾

抄

非無藥青雲別有梯峽山余暫隱人莫擬夷齊

平樂縣志云安昌期任恭城縣東之葛家溪皇祐間舉進士會儂寇平推恩二廣凡與禮闈試者皆特授職昌期就官橫州永淳尉以事去任解印後即棄家慕廣州清遠縣峽山寺隱于和光洞無何與其童偕出不返石壁上留詩云云

李時亮

時亮字端夫博白人嘉祐中進士累官御史大夫嘗與陶弼相賡和名李陶集有詩見名勝志

即紀事所引 志幡龍山言 名勝

蟠龍山 博白山見省志

獨臥粵南天盡頭吐吞清氣壓林邱風雲上下三千丈霧

宋詩紀事卷卅二
載此首

省志收

雨西南十六州古澗有泉穿石冷陰崖無暑滿山秋我來
結構林亭下時復憑欄看未休

白龍洞 石刻熙甯八年八月四日李時亮題 臨桂

穹崖高瞰白雲溪洞穴通天路嶮巇雨未作霖天下旱玉
龍蟠此少人知

歐陽闢

闢字晦夫靈川人從學於梅聖俞元祐六年進士官
雷州石康令

困學紀聞云歐陽闢桂州人東坡南遷至合浦時爲石康令出其詩稿數十幅注坡詩者以爲文忠之後

非也

寄京師畫院待詔王公器

有唐畫癖唯王維自謂前身應畫師君今畫祖躡神奥權敵造化爭分持君今畫品到神處祖身再生何異疑宋唐相距更累代典型倘在甯少隳正恐聲名出祖上況早力學工文詞髮吟佳句每記憶一字可買堪貧羸天地兩間府萬物物物圖繪畧不遺飛潛動植出把握臻幽造妙窮豪絲顧堂陸室墻數仞直發門鑰深探窺人間流落已足貴況蔑國手展設施景靈九殿初締搆九屏博選丹青奇

睿旨屬君亟應命牡丹孔雀他無爲雕闘醜石要傑怪誰
敢共事讒郭熙屏間散布十八種爛然逼真生羽儀南徐
西趙不復數宸翰點賜收高貴慈聖光獻升仙際睟容將
貌精者誰都城名輩皆縮手君特奉詔趨宮闈重瞳背淚
親睠矚一筆立就難動移上心中愜愈增慟金口由此皆
歎咨禁庭內外曰唯肖進秩一等躋官資聖表神蹤閟天
上聖美宮傳萬一知考牧一圖最卓絕羊牛爾牧俱來思
羊羣三百牛九十角耳濈溼訛寢宜聚無鬥觸形甚澤馴
擾畢來賅以麾地從善利畜得所或升或降或飲池牧人

負餱荷蓑笠可禦暑雨仍禦飢薪蒸用足倚餘力博取禽
獸雄與雌紛紛事物已曲盡亡一不合無羊詩豐年富庶
義亦備舉目如在宣王時前視未有後鮮儷獨步詎肯容
並馳不見古人豈君恨但恨古人不見之琅玕碾軸蜀錦
褾賢王寶秘輕瓌琦鉅公名卿競題跋鋒起議論誇淵微
我始鄰居久結好草廬對雪傳屐哀喬松瘦竹旁掩映梅
花半折臨澗澮素琴横榻書滿架緣瓶注酒傾椰卮鑪灰
不熾炭火燼坐擁絛褐戟接離筵前凌亂舞六出筆凍硯
底方生澌女奴瞰窗不避冷青襄赤腳丫髮垂我無泉石

宋詩紀事卷六十三
載詩僅帰雲菴一首

嘗此景君畫雖巧令人悲十年遠別如夢寐此圖出處嘗自隨去春京國重會合愈見極藝觀忘疲矜我敎我嗜益篤爲作秋江兩鷺鷀芙蓉照波蔭寒菊茭葵獵獵西風吹感君贈我瀟灑意意勸把釣江湖歸烟瀾素闊無寸尺今縱見勸歸已遲君嗟五十眼力減將亦謀隱長掩扉我擬更求冬月景知君老筆尚能揮

陶　崇

崇字宗山全州人嘉泰二年進士歷仕兩廣召試館職輿時宰史彌遠忤出知信州終於任贈特進謚文

省志收

肅有徹齋文集

訪僧雲歸菴　全州

間過遝佛場歸雲翠如潑入門偶有言啓頻師便喝掩耳煨芋爐但把火深撥呼童酌玉虹注之旃檀鉢噓灰然微紅橫鐺水煎活茶酣登甲亭雙眸爲之豁鳥啼空山幽翔來集木末風月一何佳圖圖共批抹悠然澹忘歸於茲得解脫

湘山志云雲歸菴山從中峰分枝爲佛塔左翼眺覽郡中如在圖畫林岊有雲歸楚峽靜山入甲亭幽之句

筆山 全州

晚來設色霞成綺秋至回文雁作行借問疊池何處是一

江環遶瀲琳琅

張茂艮

茂艮臨桂人端平中官善化縣主簿

廣西經略顯謨趙公崇模頌 紹定四年水月洞石刻

帝奠區宇粵居南土連帥之尊桂其治所始時桂人憔悴

數罟詔公于藩拯其疾苦宣上恩旨滌以膏雨疏剔蠹蠧

民胥蹈舞喧嘩歌謠謂來何莫帝曰嘉哉寬我憂顧錫璽

增秩事循漢故維公之德不茹不吐施於有政威以仁寓
安民之安弗庸鈎距耘𦔳緝績倉箱筐筥賦爾代輸屢捐
帑貯環堵晏眠吏毋叩戶平價發廩以哺飢阻斂散循環
邑有高庾攻堅易朽加惠覺宇有美南軒紹其遺矩吁嗟
先賢魑魅是禦揭祀烝嘗蘭藉椒醑風化所繫人心起慕
什伍其旅迺蒐迺補築室萬楹蠭屯分部粵俗禨鬼妖巫
猰貐發摘竄斥絕其根緒鄰荒民流繈負盍縷賦粟給廬
于時處處櫝斂道殣分命緇侶嘬免貍蚋患及齒腐鑿石
他山康莊坦步虹梁廣濟屹若砥柱南渠可舟濬堙疏淤

潭潭督府匠石斤斧麗譙凌雲鐵甕安堵繆帶啟觀水亭
坡墅游刃所及百廢具舉民不知役約已有裕江闊湖湘
跳梁狗鼠踰嶺以南寂然桴鼓莫猺鳥居種蔓盤瓠易擾
難安頫首受附為政以德計效如許稚耋相告公我父母
今舍我去如孩失哺我言匪私感在心膂俾熾而昌奚斯
頌魯公壽無疆受天之祜爰作聲詩磨崖江滸崖石巖巖
昭示千古

唐弼

弼字公佐臨桂人宋淳熙時從張栻游

和經略直閣寺丞丈贈劉升之蟄巖之作二首　臨桂

古人事業不關書聖處工夫詠舞雩勢窕巖居辱題品南陽端有臥龍無

倚天寒碧瑣巖空咫尺丹霄有路通莫向明時縮頭角風雲只在笑談中

退菴詩話按桂故辰山隱者劉升之或曰晞其名也爲諸生時桂帥呂愿忠强晞共賦秦城王氣詩以媚秦檜晞不與賦後帥李大異聞而嘉之題辰山之巖曰蟄且爲二詩以旌晞同時唐弼胡槻皆爲之和晞子鑴之於石他詩多半漫滅惟此二詩尚全

省志收

陸蟾　臨

蟾藤州鐔津人宋末以能詩名於吳越間客死於攸縣之司空山有詩見粵西文載

詠瀑布

靈源人莫測千尺挂雲端嶽色染不得神功裁亦難夏噴猿鳥冷秋倒斗牛寒待到滄溟日爲濤更好看

三管英靈集　卷二

抄
照明月山卷王貴德詩
同

三管英靈集卷之三

福州梁章鉅輯

明

王惟道

惟道容縣人洪武十八年進士官江西參政

再登都嶠 容縣

未了青山願重來問舊游雲低千嶂合烟暝萬松秋羣竹棲孤鳥寒泉咽細流何當歸白社餞我老丹邱

熊夢祥

夢祥馬平人洪武二十年舉人官御史按平南亦有熊夢祥嘉靖間舉人

暢巖懷古桂平南

玉削芙蓉插碧蒼二程曾此寄修藏書聲雲鎖猶遺響壁跡苔封尚有香吾道幸存留正脈斯文不沒徧遐方閑來仰止高山在極目長天憶洛陽

王惟與

惟與容縣人建文元年舉人官刑部員外郎

登都嶠山容縣

地連逵樹開深碧天帶晴雲起蔚藍瑤草未須幽澗拾山花且作曼陀參光分怪石惟看月水繞寒林自結潭垂老幾能窮浩渺懸崖好樂寄生菴

陳政

政蒼梧人永樂六年舉人按臨桂亦有陳政係永樂二十一年舉人

哀平南爲司訓郭君妻

平南古封邑山水天下奇誰知山水間訪故有餘悲結髮事君子燕婉及茲時君領平南訓妾當從所之嘉合諒不偶諧老獲癸疑詎意方盛年世途生險巇胡藍閧豺虎咆

哮薄城池鴛鴦忽驚散倉皇各東西孩提在中懷呱呱益凄其鋒刃轉陵脅死生從此辭白璧苟以汙雖生亦奚爲厲聲叱兇暴濺血沾裳衣秋霜讓凜凜烈日同光輝哀哉若女英展也烈士規聖朝重化理激薄良在斯綸綍出中禁龍光賁天涯一死安足惜千載芳名垂

李　敏

敏平樂人永樂六年舉人官交趾知縣

送項子忠明府之蒼梧

白首蒼梧令逢人說瘴鄉藤陰鳴蛤蚧山氣暗桄榔自昔

由虞化何嫌本粵疆桃花栽滿縣春色勝河陽

陳　珪

珪蒼梧人永樂六年舉人按臨桂亦有陳珪係嘉靖元年舉人官知州

慶遠北山

百丈峰巒面面奇羣仙曾此會襟期雲封洞口龍歸久風動松枝鶴夢遲棋局幾看銷歲月藥爐那得療瘡痍眼前世事愁無限贏得秋霜兩鬢絲

陳　昌

昌鬱林人永樂二十一年舉人

抄

送吳素行之廣州

廣州南望海冥冥百丈牽江幾日程鯨浪打船風不息蜃灰塗屋雨初晴蠻巫祭鬼憑雞卜島寇編氓事象耕從此海隅成樂土尉佗何敢更言兵

方矩

矩上林人永樂間九年舉人官交阯文掖縣縣丞

布雍泉 武緣

汩汩流泉號布雍等閒平地起蛟龍石竅尚藏雲雨氣江心猶映甲鱗蹤波光石羣驚飛鳥水冷潭深阻釣翁回首

舒眸斜照裏碧崖丹霧一般同

傅維宗

維宗藤縣人永樂間舉人官茶陵縣訓導

龍灣 藤縣見省志川

石竅藏靈自古聞碧波無底浸江濱水枯忽漲二三尺歲熟加收四五分神物蜿蜒蟠地軸靈光燄熠動天文太平有象今全見白日晴噓五色雲

李純

純臨桂人正統十二年舉人官同知

龍巷石一首廣西通志作明黎邏詩 原抄

抄

藤江

天光曉闢東山陰洲嶼欲浸天沉沉桃花巳隨夜雨盡海
鷗不知春水深失穴蛟龍觸山怒此際神驚危砥柱柳邊
舟渡浪停時人行未負斜陽暮

龍巷石

巉石粼粼巨江北淩風欲渡髻鬣赤貝宮清淚溼羅衣複
道西風留轍迹露肥苔蘚礬石幽天光摇落雲不流晚涼
洒埽石上月一絲長繫江聲秋

倘用之

用之臨桂人宣德間官本路提刑

曾公巖依楊鎰老韻 臨桂

當暑都忘畏赫曦游觀邂逅得心期感其自爾從天造賁以人爲特地奇風露乍涼秋至後林巒散影月明時朱轓好事留佳客大醉高巖許鎮隨

留題雉山 臨桂

座下聞經本至誠敗頭易面悟前身信知大道無難事一念眞如雉化人

黎 遲

遲蒼梧人景泰元年舉人官桂林府同知

傅節婦吟

柳折懷水風花落懷山雨潘家之妻傅家女年少良人死羈旅旅魂依依旅骨歸抱骨長號骨無語骨無語生何爲蕭蕭後園園樹枝園樹枝頭不同死歸來死向深閨裏許君心還君身生同枕死同墳夫亡見烈婦國破識忠臣如何宋代賈餘慶覥棄君王如路人

退菴詩話云此詩見粵西詩載中多脫字今從懷集縣志補正

筆架山

長虹爲筆雲爲墨齊向三峰插架來午夜東南奎壁見始知文運自天開

黃佐

佐横州人景泰七年舉人

雨中不獲游湘山寺同陳宋卿集湘皋書屋作

湘山蘊奇秀浩然歌遠游睎髮思春陽尋芳變層邛星車夙言駕六轡一何柔密雲翳扶木甚雨洒道周亳無精神格皇穹浩悠悠弭節升公堂綺筵羅玉羞晤言獲飽德良友副所求彈冠謝薦達綏帶成淹留黃鵠掀掀飛所覽在

九州而我方永懐山川空阻修自非採蘭杜何由結綢繆願回燭龍照庶以寫我憂

長歌行發桂林作

對酒當歌行路難墨雲當天凝作山渴龍怒卷海濤立空林颯颯如人入跳珠白雨騰无間迴看平陸皆成灘僕夫戒予行莫急倉皇中道何嗟及停車拱極之飛樓紫騮不嘶旌旆愁踆烏揚光忽垂地驛吏銜泥亦來至翼予乘霽上前途斧薪作爨勤僕夫逡巡飯罷出林薄麥雉引雛鳴角角

都城引送陳七表兄之橫浦

都城十月塵如山朔風吹雪行路難侵晨我已駕馬出薄暮始隨棲烏還下馬入門見兄到張燈與兄拂巾帽三年不得奉顏色一觴且共開懷抱兄之大父我外翁聲價昔震蓬萊宮家有圖書出秘府兄能取次藏胸中此時吐露惟衷款笑談袞袞良夜短促膝翻愁朱火盡螢窗忽見金波滿相看本是同根生世態悠悠安足評天涯未易輸肝肺海內誰云皆兄弟我隨玉節別兄去荊門夢結煙中樹隴頭兩見秋雲飛又向都城得相聚都城闊道從天開虎

抄　抄

豹爲鬪鸞鳳臺簪纓無數不敢到兄以材艮長往來兄辭
家久常思毋天遣爲丞向横浦萬樹梅花導板輿一水何
曾隔鄉土兄今十月出都城風景如前并合弁孤舟明日
河橋路微雨蕭蕭無限情

贈別韋評事歸靖江

抗疏甘南謫知君不負丞離情江上樹聚首驛前燈幽谷
歌鳴鳥天池息大鵬扁舟泛明月回首夢毘陵

靈川懷人

性拙嗟無侶交深賴有君襟期珠海月去住桂山雲黃屋

匡扶切着生軫念勤靈川煙雨裏憂樂夢希文

興安道中

放浪滄洲客遲迴桂水春密雲虛礙馬芳草遠隨人野闊啼鶯樹山多佩犢民戍歌愁聽汝荒服幾時新

桂林元夕

何處笙歌入座聞卽看陸海在人羣星橋暗渡重輪月火樹晴開五色雲湘水未逢天北使灕江猶駐粵南軍江湖心事年年在徙倚東風酒易醺

送李稚夫廣右視學

琴劍蕭蕭歌昔游十年塵夢對三洲湘山似戟馬前出楚水如雲天際流監祿豈知終化俗伏波何用更封侯離絃莫奏清商曲梧葉紛飛已報秋

省志收

橫州伏波廟

高灘危石鎖崔嵬長夏雲煙午未開南海樓船從此去中原冠冕至今來武陵一曲風塵靜銅柱孤標日月迴千載伏波祠宇在漢京何處有雲臺

陳　遲

遲藤縣人景泰七年舉人

省志摘覽收

粵西松樹

蒼蒼庭下松軀幹碩以修才質詎不美郢匠弗見收淒風薄松枝鳴聲何悲愁悲愁不可識無言以意諏炎荒土氣溼宅宇材易蠹竹雖久不鳴素蟻爲寇讎所以梁棟姿棄置於林邱南橘化爲枳土地職其由移之植徂徠山川邈且遒所期飽霜露歷歷春復秋流膏伏龍虎仙鼎終相求

登粵山謁諸葛廟 臨桂

諸葛臥龍時聞達非所志三顧勞賢主出門答高誼恢復雖未竟忠誠貫天地千載出師表何人不垂涕王公斯文

宗今古若神契開山擬南陽廟建風化係伊余謁遺像惟時適清霽躡崖縱遐眺長風吹衣袂衡嶽青冥中洞庭一何細落日散餘霞長空一鳥逝回輿下山阪惆悵白雲際

風洞小集 臨桂

（縣志收）

窈窕山林不出城尋開載酒叩巖扃溪橋飛盖雲移影山寺鳴鐘谷應聲雨後梅腴枝並亞風前柳偃葉隨輕塵埃不著登臨道一月還應幾度行

逍遙樓 臨桂

（縣志收）

逍遙求故閣臨眺釋前聞臺跨三湘樹窗飛五嶺雲曉烟

抄　抄

開粤戶春辭上顔文夏日誰言承追懽悵易曛

留別粤中諸公次侯二答相送韻

煙波別鴈羣伊軋水中間地里蒼梧外天女翼軫分暑收三伏雨山斷九疑雲行到滕王閣臨江長憶君

岑方

方崇善人天順三年舉人官奉新知縣

南津曉渡

南津官渡迴天曉起蒼煙負擔客爭路立沙人待船風波無定日衣食足何年借問營營者誰能早濟川

張廷綸

廷綸平南人天順四年進士官南京戶部主事有師

心齋稿

暢巖懷古 桂平南

二程夫子此藏修學道淵源繼魯鄒雲鎖巖屏閒歲月草
迷石徑自春秋泉流長似書聲在苔印猶疑墨跡留信是
高山供仰止炎荒千載式徽猷

將灘古渡 疑即南平將軍灘

怪石嵯峨古將灘行人欲渡此應難舟從上下憑洄溯路

抄

别東西避激湍夜籟有聲相和答春濤無警自平安新題
收入圖經裏四境相傳作大觀

陳瑤

瑤字仲華全州人成化二年進士官僉都御史巡撫
遼東

春日湘山登眺 全州

古刹幽岑鳥不啼芙蓉一杖俯丹梯煙花縹緲諸天近雲
樹蒼茫萬壑低杯渡曾經巫峽外燈傳還自楚雲西莫愁
登眺迷歸路蘿月松陰送馬蹄

唐瑄

瑄字德潤陽朔人成化七年舉人官四川都司經歷有怡情雜詠詞林切要

獨秀山 臨桂

桂陽江上石淩空誰作丹青畫本工澗樹參差青磴影崕花磊落碧雲藂神仙洞府無凡近城市山林自鬱葱倚棹中流更回望居然海上看瀛蓬

包裕

裕字好問臨桂人成化十四年進士由撫州推官徵

授御史官至雲南按察副使有拙菴稿

麥黃歌

大麥黃小麥黃家家男婦登麥場老者看家壯者出旋挑野菜煮羹湯男鏺女刈不辭勞麥場堆積如陵高烹雞打餅薦先祖沽酒擊樽娛父母舞者舞兮歌者歌胥言收穫今頗多忽聞官府里胥至徵討夫錢徵夏稅須臾算盡無孑遺老稚含悲欲訴誰共誇今歲麥秋好孰知不得一日飽好將民隱達聖朝撙節才用寬徵徭古來民足君方足莫使民有逃亡屋

抄

陳琬

琬字仲廉全州人瑶弟成化十四年進士官工部右侍郎

春日湘山登眺 全州

氤氳香積自何年象外煙花逼眼鮮三楚晴光迢遞盡九嶷佳氣鬱葱連雲開古洞龍樓隱月冷空山鶴倦還無俟鐘聲催典懺塵心半落夕陽前

張澯

澯字仲湜叉字涇川平南人廷綸子成化十四年進

士歷官至兵部尙書致仕居全州有應制集全湘憶錄涇川文集

堯山堂外紀云潯州張尙書澯爲翰林學士時與同寅限韻聯句得單字公成句有衝雨斜飛燕子單時服其當馬端肅文升以燕子單學士稱之

贈嚴介溪編修

回首玉堂天上游驚看玉樹過南州登科豈必傳三唱受卷曾知讓一籌館閣栽培他日地文章經濟古人流湘山夜雨皇華驛傾倒能令老病瘳

堯山堂外紀云宏治乙丑潯州張涇川澯爲受卷官見嚴嵩制策驚人擊節稱賞既而不得與一甲之選

爲之扼腕太息後嵩以編修
使粤過全州溗贈以詩云云

柳山次韻 全州

山爲徒御水爲騶自信閒行得勝游徑畔野花頻換歲嵓
前老檜獨禁秋壺觴弔古伊人遠絃誦升堂見道不一笑
浮名成底事勞勞宦海任藏舟

甘泉

泉桂平人成化十六年舉人官蘇州推官有東津稿

南山 桂平 貴縣

石室開神斧鴻濛景向新攀緣通奧窔仰覗見嶙峋鳥語

抄

宜深樹花容已暮春丹爐煙竈冷不見二仙人

申端

端字廷晃容縣人成化十九年舉人官吉安同知

都嶠山 容縣

八峰高插碧雲間云是容州都嶠山石洞猶同天地老仙翁已去古今閑泉飛石上嵐光潤霞襯雲端樹色斑無限清幽消不盡登臨此日頓忘還

蔣昇

昇字誠之又字梅軒全州人成化二十三年與弟晃

省志收

抄

同舉進士由南海知縣累官至南京戶部尚書致仕

俞庭舉重刻湘皋集凡例云大田京塘廳鄧學深先生家有湘皋集一部十本前八本是文定公著後二本是其兄尚書公著後皆失去惜哉

礲巖　全州

神物曾聞來隱跡飛騰變化幾多年石田有米非虛語巖溜成蓮豈偶然掃石留題空妙墨杖藜縱步喜隨緣洞天有路今親到信是人間我亦仙

柳山書院　全州

柳侯自是人中傑書院元從結構成飲射尚存當日舊縱

歌想見昔時情江山泉石眞奇麗臺榭松篁任變更喜見
顧君能復古斯文千載有英聲

湘山寺 全州

閒隨玉杖看溪雲繞徑松陰護蘚紋勝地隔城纔咫尺中
天積翠欲平分名山引望四圍合虛閣憑欄一炷熏物外
每憐風景異漫尋芳覽散塵氛

毛文治

文治字運齋富川人明諸生

憑虛閣

卷十一武緣貢生李三珩
詩與此首同僅易十五
字

抄

沉寥虛閣納煙霞曲沼懸橋入徑斜最似蘭亭饒勝賞不隨金谷鬪繁華青山倒襯芳塘影碧樹低連繡檻花永日盡歡還卜夜前林不覺動晨鴉

李沖漢

沖漢上林人明貢生官鴻臚寺鳴贊

遊靈犀水

一葉扁舟漾碧潯空潭何處有犀沈風摧浪影翻銀瀨石激泉聲訴素琴倒浸乾坤浮水面平懸星斗入波心乘流直到懸崖下欲馭蛟龍未可尋

黎兆

兆賀縣人明貢生官德慶州州同

題要徑石平樂縣

徑名雖要實平亭鳥道全堪駟馬橫不是武城偏捷路青天白日任君行

天下名山何處無斯文千古仰匡廬六經原是超凡徑一貫方爲大丈夫

平樂縣志云信都三峰要徑石形像蛇體每遇疾風暴雨行人過此蛇遂食人兆題詩于蛇舌云云自後往來者如游坦途焉

石夔麟

夔麟字振性上林人明貢生

棄田

前人憂無田買田貽孫子誰知轉眼間田多非可喜丁糧來一石徵役適倍蓰昔輸十餘金今輸百不止又況餉夫徵按糧復按里又況驛馬賦鶩駒亦絕市悍吏日提人騷動無寧晷有田不及耕有苗不能耔棄田去逃生有鄰幸託彼鄰亦何能爲輸納暫料理歲入不供出拋荒等遷徙入山兩載餘兵氣尚未已登高望故鄉盈疇草靡靡

抄

王熙

熙字元穆臨桂人明諸生有詩見粵西文載

自警

五賊紛紛擾我關主翁何事失防閑銅刀不斬攻心寇浩
氣焉能塞兩間

讀書風洞 臨桂

一勺寒泉慮不侵囊琴孤枕碧山陰山樓夜半天風發老
盡尼山萬古心

陸經宗

經宗字泗水灌陽人明諸生

春日山中對雨

春雨戀春山山中盡日閒拂簷雲漠漠環麓水潺潺病鳥銜煙溼孤僧帶笠還諒無游客到自起掩柴關

縝

三管英靈集卷四

福州梁章鉅輯

吳廷舉

廷舉字獻臣又字東湖蒼梧人成化二十三年進士南京工部尚書贈太子少保謚清惠明史列傳稱其衣敝帶穿不事藻錦言行必自信人莫能奪好薛瑄胡居仁學官順德時忤市舶中官下獄按之不得間而止爲縣十年遷同知用馬文升劉太夏薦擢僉事發總鎮中官潘忠二十罪忤劉瑾繫獄幾死旋赦用楊一清薦擢參政宸濠有逆謀疏陳江西軍政六事爲預防計又載其在太學時兄事羅玘玘病痢自煮藥飲之負以如厠晝夜數十返玘語人曰獻臣生我其剛直不阿而篤於氣誼類此贊以爲清操峻特卓然可風與王炎

方良永韓邦奇等並賢之信矣

贈梁宗烈

君從何處來面帶雲山翠談天語崢嶸憂世顏憔悴學貴造淵源仕當究經制古來豪邁人寸步入淹滯高才曰沈淪誰爲世道計我本轅下駒致遠多顛蹶君如萬斛舟溟渤堪利濟莫編養鶴經且充食牛志

有懐

我懐南山陰中有先人廬廬外晝所見白雲飛四隅廬中夜所聞數聲返哺烏一慟劬勞思泪雨濕蓼莪世孰知苦

心。仰天獨長吁。無以慰岑寂。短吟寄區區。

贈戶部毛使君赴任

行行龍沙堆。嫋嫋官亭柳。青青發新條。采采送舊友。郎非白首淹。任匪執戟久。聖情念遠人。邊郡擇賢守。丈夫四方志。未甘老戶牖。九夷聖欲居。大荒吾何有。判案筆如山。誰能掣我肘。言事舌如鋒。誰當箝我口。以玆答皇眷。庶足慰黔首。淮南隱虎豹。潮陽聳山斗。古人敢先君。麟經常在手。

除夕次唐子西

新年明日到。舊歲此宵徂。吏隱身如寄。鄰高德不孤。銀瓶

添玉液紫竹爆紅爐飽暖知遭際天王握瑞符

宿無垢寺

三珠何許樹病鶴也來棲斗轉天逾北雲深日未西楚江愁處闊燕路望中迷今夕眠眞穩邊聲絕鼓鼙

秋雨

村舍眠方定雨聲何太狂盆翻驚拔樹屋漏屢移床稼穡秋來損田塍水後傷雲師知我意黙黙禱穹蒼

華容行臺次劉司空韻

容臺秋爽闊楚樹日青蒼井邑英豪眾天衢道路長五湖

淹歲月孤劍帶風霜憫世東山老神遊定八荒

天池道中次宋戶部韻

水秀更山明登臨快客情日華開曙色天籟發秋聲皁幘青鞵出捫蘿拄竹行世誰狂到此吾不避狂名

和泰都堂風水亭韻

何處風扉敞復高高人小坐水邊亭感時抱膝成長嘯隔竹烹茶愛獨醒秋興不孤黄菊圃詩情漫寄白沙汀鳳山高處公能狀天北天南一巨屏

繫刑部獄示蓋臣弟

萬里間關作楚囚半生辛苦爲誰謀顛危九死過蘇軾患難相隨賴子由心事仰祈天日照替言敢望史官收更憂一事爲君累葬我雲山頂上頭

宿濯纓館

纔過瀼口又江州蕩漾吾眞不繫舟客夢南歸心北戀夕陽西挂水東流豺狼跡滅閭閻靜鴻鴈聲高天地秋昨報故人登獨坐今宵定喜落旄頭

過洪崖山望橫槎

海北巡行徧九場洪崖立馬俯巖疆粵山界闢東西遠江

水流分左右長瘴癘不愁侵客鬢風烟漸喜近吾鄉橫槎
今夕逢交舊應有新吟和海棠

梧州同心亭

危亭兀坐省吾心出入飛揚不可尋雲在水流誰點綴天
空月好自高吟林間緑繡花呈色簷際笙簧鳥度音敢向
邦人誇晝錦平生欠事海如深

次韻贈言

西江羽檄報神京貔虎而今載道行一怒築壇勞漢主六
藩開府拜陳平帆來鄂渚南風順劍指洪都北斗明檻獸

釜魚何處避大夫秉鉞尚提兵
身寄安危肯自賢手持生殺不言權指麾日判三千字方
寸時存尺五天龍虎威靈驚小醜風雲晝夜護中堅錦袍
玉帶趨朝日翹首東班孰在先
江湖豪氣兩元龍世代差殊世系同老大哀哀知子孝艱
危蹇蹇見臣忠幾時薦寵狼兵至一戰千山虎穴空後舞
前歌須痛飲亂離人轉太平中
戈矛炯炯非公願仁義堂堂是我師元惡伏誅身碎裂羣
兒納款首低垂金流大火驅車日月在中天草檄時恨殺

當年誰作偏忍教赤子戲潢池
鈴閣凝神智計全輕裘緩帶亦周旋銜枚戰士登三界戀
穴蠻兒失萬年處處有牛將犢瓻村村無鼠職蠶眠江湖
浩渺樓船大只載西征錄數編
刁斗聲收俎豆排玉簫音起鳳凰喈兩年戎馬違孤志萬
疊波濤撼壯懷峴首功名歸叔子錦官廟貌盡乖崖左丞
虛席需公久干羽能忘夔舜階
倚杖廬居楚澤西虎符催起勁征鼙憂勤兔穎交紅燭奬
諭龍章寫紫泥暘谷關心三殿近祝融回首萬山低辭榮

表疏連年進清獻高風鶴可齊

浩氣幽懷互吐吞寒峰立馬追雲根一方孰敢橫流禍六省公延再造恩時雨洗兵來有跡凱風動物去無垠功成身退天之道丹鳳啣書莫過門

贈陸參戎致仕

天門屢疏乞丹邱書畫弓刀共一舟剩水殘山歸興早白鷴放去狎輕鷗

蔣晃

晃字敬之又字敬所全州人與兄昇同登成化二十

詩上加黑點者嶠西詩鈔所有

詩上加黑圈者嶠西詩鈔所無

三年進士謹身殿大學士致仕謚文定事蹟具明史本傳有湘皋集

四庫提要云湘皋集分奏對四卷奏疏三卷附錄名對及經筵講章勅諭等稿一卷詩八卷詞一卷序記等雜文十六卷冕當正德之末主昏政怠獨持正不撓凡所建白俱切時務嘉靖初大禮議起冕固執爲人後之說卒齟齬以去丰裁嶽嶽在當時不愧名臣其詩文則未能挺出也

退菴詩話云余初到桂林即得湘皋集徧讀之古詩寥寥數篇誠未見槩出之作近體風韻不減唐人而七律尤爲擅長蓋文定嘗受詩法於李西涯故所詣與香山爲近朱竹垞明詩綜第錄湘山寺五絕二十字固難免俞廷舉反昏之譏而張南崧通政嶠西詩鈔所收亦尚有遺珠之歎也

秋夜長

秋空垂玉露風拂簷前樹相思寒夜長脈脈多愁緒含情
下錦機拭淚滴羅衣舊歡如夢過無語掩重屏

畫馬

天閑驪褭誰能畫何處丹青有曹霸此圖五馬儘精神擬
以前人亦其亞綠楊陰裏溪流清洗罷相看如有情霧鬣
烟鬃齊振迅斯須滿地長風生駿骨神情有如此信哉一
日能千里太平時世無烽塵飽食安眠如畫裏

送項德懋丞長洲專管水利

故人別我長洲去離觴已盡仍延竚欲別不別難爲情歧

路蕭蕭班馬鳴矮屋長材君莫怨錐處囊中末隨見一官到處可哦松何況長洲天下雄君是深翁門下士經術自能文吏事不見蘇湖治事齋兵農元與水利偕單鍔奇謀知滿腹安得東坡無薦牘何時推轂早重來與君還對燕山杯

送潘以正憲副赴陝西固原兵備二首

攬轡詢遺跡山河百二雄金湯連徼外兵甲滿胸中九譯氈裘至諸蕃職貢通不須勤魏絳虎豹納無終

河隴諸都護壺漿候馬前氈車齊款塞玉節正臨邊多對

氈毹月驄嘶苜蓿烟匈奴斷右臂還憶漢張騫

春日漫書

故國別來久懷歸未得歸身長隨夢到事每與心違道路猶荆棘山林自蕨薇湘江春雨裏花木又芳菲

送人下第歸荆楚

荆璆雖刖足冀馬本空羣衝斗非無劍凌雲亦有文歸帆風正飽祖席酒微醺十二河汾策重來獻聖君

送徐伯川調令邵陽二首

邑小經兵後山田半廢耕瘡痍猶未復逋欠不須征柳外

不錄

仙鳧下花邊乳雉鳴巖廊應借巡誰忍負平生

三載官畿甸芳聲遠近揚自甘遷僻邑爲喜便高堂山水堪乘興才華本擅場公餘無一事隨筆寫琳瑯

送方文晬省父歸柳州

萬里頻懸夢高堂九十翁養能榮一日官不換三公衣舞花前彩門迎柳外驄平反多少獄一笑醉春風

雨後郊行二首之一

杏花開幾樹一雨遍東皋柳外蛙爭鬧秧邊草半薅水生泉漲脈田墾土流膏朗誦歸來詠閒吟擬和陶

次屠進士青晴韻兼以贈之二首

春來無好況山水罷登臨郇巷朝朝雨巖巒處處陰今晨開小牖晴旭照前林萬里青霄上雲無半點侵

臥病茅簷下多君數見臨馬曾空塞北鶴正唳牆陰竹葉清浮斝梅花香滿林不生冰雪操塵土可能侵

龍淵書亭

龍淵地僻隔紅塵搆得茅亭傍水濱滿架詩書千古意一簾風日四時春遊魚慣見渾相識飛鳥時來不避人應似山陰多勝景茂林脩竹共清新

憶母

門倚湘江鶴髮生東風幾度歲華更白雲影切河陽望黃耳書同洛下情萬里覊懷春更惡幾宵客枕夢頻驚夜來步月庭前立愁聽雛烏繞樹聲

送曾學士往南京二首之一

錦錫盤鵰拜御前圖書萬卷載吳船江山最愛南都好霄漢長瞻北斗懸夜靜藜光消竹汗晝長日影上花磚一鞭春色秦淮路到處人爭看老仙

題黃隱士別業

疎竹編門草覆墻數椽茅屋水中央雲棲簷下軒窗潤風過花間枕簟香嵐氣入簾晴亦晦潮聲當戶暑偏涼誰言身外渾無事詩思撩人也覺忙

元夕應制四首

百尺鰲峰傍綵棚芙蓉烟煖柳風輕雪迎淑氣全消凍月避燈花半减明車馬滿街無夜禁笙歌隨處起春聲太平有象眞堪畫只恐丹青畫不成

四海春風共一家韶光先到上林花星橋曲曲通銀漢火樹叢叢結彩霞佳氣煖浮雙鳳闕瑞烟晴護六龍車繁華

不作揚州夢一曲昇平月未斜

聖主南郊大祀還宮中今夕壽慈顏金蓮焰吐雙龍闕火樹光騰萬歲山馥馥異香飄仗外遲遲清漏出花間恩波何幸沾臣下特許諸司十日閑

春色重重錦繡圍蓬萊宮闕夜生輝月移雉扇開黃道花簇鰲峰近紫微韶樂引將威鳳舞慶雲環向袞龍飛君王莫惜今宵醉明日憂勤有萬幾

送順德馮尹之任

丹荔黃蕉越海涯綵衣還記舊遊時雲霄莫漫誇鳧舄田

野誰憐困繭絲池草幾番勞遠夢嶺梅何處寄相知平生一寸心如鐵日飲貪泉也不移

送夏汝清通判蘇州

東南民力從來盛不識如今可似前耕種未聞閑寸土征輸何苦困連年嬰兒待哺方張口倦旅無歸豈息肩要使盤根徵利器好音應向路人傳

送閻允德亞參

誰謂鷹鸇異鳳凰沍寒回首即春陽請看今日薇垣雨便是當年栢府霜野老預能歌召伯路人猶解說蘇章須知

館閣儲延久不獨詞華可擅場

送汝陽劉令赴任

聽徹龍樓百八鐘便紆墨綬向淮東下車先欲求民瘼飲
水端期有祖風匹馬往來棠樹底雙鳧飛颺柳陰中催科
莫笑陽城拙茅屋人家到處窮

衡府范伴讀赴任

莫道江都老仲舒清時聊爾曳長裾漢廷漫羨東平樂魯
國仍傳伏勝書千里夢應歸白下幾篇詩欲過黃初新城
桃李知多少門下時時問起居

送閣老徐先生歸宜興

早爲霖雨水爲舟身在中書十二秋豈謂遽辭黃閣去飄然欲伴赤松遊義高進退身名泰恩重褒崇禮數優心似希文長體國江湖多少廟堂憂

憶故山

看遍花枝句不成闌干徙倚晚霞晴一尊明月開懷飲萬事浮雲過眼輕老去病餘猶戀祿才微身外敢徼名故園松菊猶存否不盡年來寤寐情

朔日候朝遂菴先生欲飯諸公不果午閒因同過其

邸第觴奕盡歡與會者北潭大宗伯東川少宰礪菴少宗伯及晃賓主共五人去前會已浹旬矣

一旬兩度笑談同勢分都忘見此翁綦本弟兄誰定長晃同年諸公棋品誠魯衛之政雖東川平日稍優昨亦不肯自異于衆矣酒逢賢聖且須中奪標手捷輸希阮用王嗣宗手搏事謂北潭也希阮嗣宗字投轄情深過孟公不日直廬還有飯候朝短景恐悤悤

陪祀陵園畢夜歸昌平小憩東梅軒少宗伯

寢園春祀禮初成乘月歸來信馬行亂石寒流纔數里荒城殘漏已三更片時僧舍還鄉夢滿路山禽喚客聲風景

有誰能品藻謫仙詩句玉壺清

次石熊峰先生韻題甯菴先生予莊四首

謝却紅塵對碧山花開花落也相關兩鈴冒雨穿松外一榻留雲臥竹間江岍柳眠鶯喚起溪堂簾捲燕飛還春來農務村村急却愛沙鷗似我閒

滿座嵐光雨後新丹青雖巧寫難真鵑啼似怨春歸急酒熟何愁客到頻問柳尋花隨野老踏歌搥鼓樂田神丈夫未合虎爲鼠且向烟霞寄此身

籬東一徑與雲平竹塢梅坡次第成谷鳥啼來如喚客野

花開遍不知名窗前碧草關憂樂門外青山管送迎官課未輸吾自急底須布穀勸人耕

壠上呼童剪草萊行行無數好山來夕陽牛外頻聞笛春水鷗邊忽見梅蔬圃不緣農事廢柴門長爲野人開淡中滋味眞堪愛咬得菘心與芥臺

送都憲彭公濟物總制四川

兩川羣盜幾時平西顧頻年軫聖情天上絲綸重播告山中狐兎漫縱橫揚麾盍出前矛氣迎刃驚傳破竹聲眼底紛紛談笑了路人不信是書生

再次韻題甯菴予韭

休問他山與我山南鄰北里幾柴關參差臺榭羣峰外遶近藩籬一水間放鶴客從旁墅去牧牛童自別村還人家花柳吾家林長遣春風不暫閒

溪雲山月結交新我亦忘吾意自眞爾汝縱令標署定親疎一任往來頻淵明栗里詩無敵摩詰藍田畫入神盡道此詩還此畫清時肯許樂閒身

山不巉嵒路又平絕無人力盡天成林巒一望眞堪畫物我相形自得名村酒飲多花共醉鄰翁來慣犬能迎春風

已綠西疇草分付兒童趁雨耕

雲山佳處即蓬萊興到何妨著屐來但有園林還有水儘宜松竹更宜梅沙頭白鳥忘機下籬畔黃花任意開雖是我庄難絆我絲綸原出釣魚臺

北潭傅公引疾歸清苑詩以奉送二首

黃塵赤日蔽郊圻擬布商霖助萬幾投紱忽承新鳳詔買山先問舊魚磯囊封諫草猶存否道聽輿言果是非苦欲留君留不住亦將臥病解朝衣

凛然正色位春卿每日君王識履聲闕左謀謨常鯁直寰

中禮樂盡修明鳳凰覽德還能下鷗鳥忘機自不驚歸去傅巖梅正熟重來金鼎待調羹

送熊節之赴河源縣知縣

不見雲間陸士龍數年襟抱未從容官從白鶴峰前去身在蒼龍闕下逢酌別幾杯燕市酒候朝何日景陽鐘閶闔到處多民瘼下馬先應問老農

夢醒枕上有述 己卯九月二十三日五鼓臨清旅舍

旅館經旬不出門恍然一夢到天閽朝來可有迴鑾報 得此句後平明即有是夜四鼓龍舟北旋之報 病後能無解綬恩萬里江湖空極目

九秋風露欲消魂別腸自恨無多量也欲招鄰倒酒尊

清源舟中漫書

寒鴉日日晚投林我獨懷歸未遂心身寄衞河舟上榻夢縈湘水岍邊岑年華荏苒雙蓬鬢病體支離一布衾却喜故人知我意夜窗對話到更深

大司寇見素林公致仕歸莆中出詩留別用韻送之

幾年野服謁朝紳薦剡交騰上紫宸四海久知推大節九重眞喜得賢臣諮須黼扆恩方渥輿在雲莊夢已頻誰謂江湖今萬里廟堂何事不關身

斡旋世道肯言功去就端期往哲同山斗平生原重望詩文餘事亦宗工金從百鍊光逾好水任千回勢自東衰劣未歸耆彥去敢將斥鷃望冥鴻

次遂菴韻送九峰先生歸郢中

祖筵連日不勝情纔送春卿又地卿國計班崇唐左輔省魁文重漢西京江湖身遠丹心在廊廟憂深白髮生歸到九峰峰下路飽看山色聽松聲

枕上 己卯正月二十四日

夢裏雞聲到枕邊披衣起坐興茫然流年未老常多病處

世無能祗自憐旅况幾宵燕市酒歸心千里楚江船黃屛三載成何事孤負日高花影眠

遣懷二首

萬里湘臯一病翁形如枯木鬢如蓬藥爐又見秋風老窗紙俄欣曉旭紅耳聽客談心眊矂手拈書卷眼朦朧世間百念俱灰冷猶喜隨人祝歲豐

不分竹下與松間牧叟樵夫任往還憂國淚邊雙白髮登樓眼裏幾青山詩成枕上聊乘興酒對花前暫解顏世事百年徒役役那知物外有人閒

夜坐偶憶涯翁先生見教詩率爾次韻

春半如冬氣尚寒鏡中華髮老頻看酒杯到手心先醉塵事勞人夢豈安自信烟霞成癖久誰云松檜託交難山城不辨更長短啼鳥聲中夜已闌

曩予家食時嘗遊城西之湘山寺作數小詩今書以遺寺僧覺靜四首

孤塔望中青鐘聲隔烟樹朝暮見雲飛不見雲歸處寺有庵名雲歸

何處來笙竽風自松林過老禪寂無聞日午猶高臥

山色自古今鳥聲時上下我來豁塵襟恍疑在圖畫
杖藜叩禪扉來坐松下石囂寂已兩忘何苦分心迹

元宵應制六首之三

琪樹連枝繞翠華蓬萊宮闕五雲賒吾君心似光明燭照到壽常百姓家
東風又送踏歌聲到處欣欣樂太平誰向春臺調玉燭陰崖寒谷也光明
星毬錯落彩雲端鼉鼓喧喧衆樂攢宣喚教坊須盡技君王欲奉兩宮歡

漫吟

夢醒書齋月欲斜曹騰病眼半昏花長安第一樓頭客獨向西風苦憶家涯翁詩謂晃所居樓爲長安第一樓

次遂菴先生待隱園詩韻

古槐陰下坐移時天外涼生一葉知誰遣林塘有絲竹殘蟬正抱最高枝

望君山

渚蘭汀芷入秋多望裏君山恰一螺欲向老翁求鐵笛夜深吹徹洞庭波

寄舅氏陳翁以照九首之二

曾隨驛騎聽朝鴉萬里歸來鬓未華贏得琴尊樂簪組酒酣長是岍烏紗

先壠澆松未有期十年長繫夢中思豈知萬里滇南客卻向春風奠酒巵先母郭夫人舊壠之在河西者歲時常省視尤謹

四庫全書提要云瓊瑰錄二卷蔣晃撰李璧序云敬所先生於其舅氏陳君以照之歸滇也嘗賦詩送之厥後都相位復作詩九首以寄念母之深待舅之厚於是乎可考璧得是詩而讀之重其類乎古之道謹為次錄名曰瓊瑰蓋取渭陽卒章之義併以當時同官諸公所贈詩入附焉

三管英靈集卷四

抄　抄

三管英靈集卷之五

福州梁章鉅輯

陳祿

祿懷集人宏治三年進士官撫州知府

龍門灘歌

懷城三月龍門灘飛流仰視高於山神魚溯流西北去到此揚鬐如等閒一聲雷三汲浪電光横擊三千丈眼中靈變難爲狀頃刻風雲九天上

蘇太守死節

兒苗幾度瞰孤城太守親提五百兵撫綏忍令民獨死矢天不與賊俱生三千里外英魂壯四十年來祀典明凜凜睢陽祠廟在願因褒詔勵忠貞

齊嶽山 懷集見省志

一卷屹立嶺之西便與中州五嶽齊從此登臨須着眼莫疑炎徼衆山低

石瓏

瓏藤縣人明宏治五年舉人官順德知縣

小園雜興

市塵不到水雲鄉啓牖迎風興自長得句敢邀前輩賞引杯欲效古人狂閒來荒徑栽松竹靜向山齋讀老莊問我小樓吟咏處春花夏雨及秋霜

白燕

霜姿皎潔有誰加社日雙雙入謝家立戶銀鈎斜掛箔撲窗玉剪直裁紗乍穿柳巷翻飛絮每過梨園蹴落花可笑烏衣羣侶俗只矜紫頷鬥繁華

秋興

酒泉不願願刀鐶奚似長吟得自閒佳菊傷籬傳淡邑濁

醪謀婦醉朱顏砧聲斷續來深巷霜葉參差落遠山更喜
小軒無俗事柴門雖設不須關

春日書懷

春歸花事最堪尋掉臂徐行小院陰晉帖臨三四行字唐
詩翻一兩篇吟不須過客攜新釀自有名園愜素心最喜
簷前閒望處數聲嗁鳥上青林

冬日舟泛大黃集感賦　桂平

鴈飛天際動離思欲寄平安信轉遲風雪滿途黃葉落雲
山到眼夕陽移每悲堂上椿萱殞猶喜堦前子弟奇忽聽

鄰船弄長笛聲聲速我賦歸期

朱瑰亭見過

攜手談經小閣遊縱無佳麗亦清幽堂前燈暗三更雨檻外風鳴九月秋遠水夕陽君返駕西風歸鴈我憑樓此中一別難抛得無限心情在上頭

偕友林中小酌

落日歸樵唱晚風吾儕猶酌小林東人因友密談偏久詩遇情濃句更工隔浦蘆花飛浪白遠山僧院透燈紅此間有興君知否幾樹丹楓覆醉翁

太平集暮歸道中作

村南村北起煙霞桑柘陰陰野徑斜四面林深山不斷一泓波淨水無涯道旁鳥立疎枝呀听畔舟橫密葉遮日落平橋佳景好騎驢穿竹過人家

夏日登樓遣興

長夏登樓縱遠眸叢林處處點紅稠竹疎烟雨參差出水漲菰蒲散漫流一葉漁舟橫浦口數聲牧笛起山頭放懷何必尋雙屐閒倚闌干興自悠

太平旅舍與朱瑞趾妹夫話別

高誼常銘念霍親謀生無具愧持身襟懷緬我三春事旅館偕君一夕陳言到性情悲骨肉顧兹蹤跡嘆風塵夕陽歸路空惆悵水閣閒吟枉笑嚬

小樓偶酌懷朱瑰亭

小樓有興亦傾瓶縱目荒郊野火青我且自爲山簡醉君休獨效屈原醒白雲冉冉依新月綠水盈盈點碎星夜向酒闌花下坐羽觴相對愧蘭亭

寄朱瑰亭

參踈桐落橫秋景露白葭蒼緬寸衷只望驊騮開道路何

期魚鳥困池籠棟梁有用材資用詩句相通語未通分付
與君休墮志好親史籍繼家風

新晴園中小酌

小園偶酌望晴空爛醉狂歌效放翁滿眼薣花迷蛺蝶半
天踈雨滴梧桐雲開霽色橫場圃風送荷香入酒筒更喜
一涵池水綠羣鷗爭鬧夕陽紅

暮歸

漫步徐看遠樹榮羣峰如截晚霞平山腰草偃來風惡浦
口烟迷泊艇橫偶傍鄰家穿竹過頻登僧寺蹋雲行勝遊

抄

歸去難成寒煑茗敲冰待月明

春園

烟光觸處正沖融日裏長吟效放翁萬事已抛高枕外一樽常醉亂花中閒隨戲蝶忘形久細聽流鶯轉調工好景當前常領畧欲偕童冠咏春風

藤城回舟泛濛江

故園遙望白雲飛鱸鱠蓴羹耐我思堤柳有枝誰折贈沙鷗無意若相知帆懸劍水歸舟疾目斷濛江夕照移一碧琉璃光上下且將新酒助新詩

冬日郊行暮歸

梅滿前林雪滿灣碧江如鏡水潺潺樹踈鋪有千家火月
白光連萬里山荻浦爬沙寒蟹亂蓼灘翻浪野鷗閒縱眸
煙靄迷僧院猶有棲枝宿鳥還

冬日漫成

皴雪寒梅四面環端相終日更清閒吟餘得得踈林步興
滿徐徐曲徑還小圃有風塵任掃故書無蠹僕時翻笑他
著白山人苦輸與僵眠自閉關

夜泊

殘霞暮靄夕陽天好景當前信有緣林入鴉聲樵出麓渡喧人語客停船星稀犬吠花村月波靜漁歌柳岸煙獨對銀釭無箇事蓬窗且賺一宵眠

曉望倚欄

翠滴林梢曉氣清當前佳景最移情三竿紅日花間上聽得提壺一兩聲

陳贇

贇臨桂人宏治八年舉人

柳州二月榕葉盡落偶題

山城春盡意淒淒迢遞秦關望去迷雨後滿庭榕葉落不堪時聽越禽啼

蠻中

蠻溪雨過葉皆流落日猩猩啼樹頭高竹亂藤茆屋小不知村落屬何州

李　璧

璧字白夫武緣人宏治八年舉人官劍州知州有名儒錄劍閣志劍門新志明樂譜

廣西通志云李白夫從章楓山懋講學金陵充然有得顔其廬曰琢玉以誌磨切之意

嶠西詩鈔云省志李梅賓傳賓牧劍州州人擬之李白夫謂之粵西二李梅賓雍正年間人距白夫三百餘年流風餘思猶膾炙人口如此

旅懷

簿書尋俗吏簪組誤閒身夢爲思家苦愁緣悔老新侵寒燈照檐報曙烏呼人問爾炎荒客淹留尙幾春

琢玉亭書感

亭子纔如笠湖山割此幽潮聲高枕夜月色小池秋竹暗流螢度花寒夢蝶留乾坤吾欲老何日買歸舟

韋鑾

抄

府志收

鑾字君用橫州人宏治八年舉人官寧鄉知縣

仙槎亭

寂寂林亭大地中。蕭疎山邑變秋容。偶來避世尋仙境。恨不乘槎到月宮。一片浮雲籠薜荔。半溪流水漾芙蓉。吟懷不覺風前露。野鶴山猿笑醉翁。

甘振

振字天聲桂平人宏治九年進士官南京戶部員外郎

武靖州舊城

縣志收

江上愁霖也解晴。中原誰復誓澄清。虎符此日千金重。雉堞何年百堵成。要使邊人知漢德。終教絶徼識天聲。我來但愛當前景。野水孤帆夕照明。

縣志收

黔江

曉風吹渡祖生舟。意氣終當肅九秋。黃帽叩舷驚水府。錦袍腰箭落旄頭。斷藤峽靜詩留石。細柳營開劍倚樓。西望不勝成激烈。兩江自古扼襟喉。

鎮遠樓落成時正德乙亥重九日房參戎邀余登酌

參戎所剏建甚多此其一也

省志收 抄

竹杖芒鞵快此遊華筵今日儆高秋佳辰彭澤東籬酒勝會明湖北渚舟鼓角吹殘霜月冷牙旂捲盡瘴煙收折衝樽俎英雄事共道輸公第一籌

莫瑚

瑚懷集人宏治十四年舉人官潛江知縣梧州府志作莫胡

燕巖石僧

禪居已覓巖爲室幻化還如石作身悟得西來祖師意千秋一片洞前雲

陳獻文

獻文藝林人宏治十七年舉人官上虞知縣

金鼎禪蹤

懶雲蓑裏鎖青山石座苔深白晝閒瘦鶴鍊形聲亂笛老猿通臂夜登壇斷碑沒字苔皮脫古井藏冰石骨寒誰把虛無認陳迹好將吾道破機關

戴欽

欽字時亮馬平人正德九年進士官至刑部郎中以諫大禮廷杖創重而卒有鹿原存稿九卷

四庫全書提要云戴欽集刻於閩者八卷曰玉溪存稿刻於滇者二卷曰戴秋官集此鹿原存稿則其姪

希顥所合輯凡文二卷詩七卷欽與何景明李濂薛
蕙等同時友善所作頗刻意摹古然不越北地之餘
派也

金甌完

金甌完皇圖寬炎天桂嶺皆衣冠臣赳赳師桓桓秉王猷
著孟盤時雨降民大歡海不波狼膽寒明珠翡翠來長安
地平天成帝業難小臣撰頌萬世大觀

興安道中遣興

不是天涯子誰知行路難高灘吞地轉翠嶂倚雲蟠陡口
牽腸曲龍塘照膽寒萬重煙樹外何處望長安

抄

同諸公寺中對雪

入寺金沙淨開林素雪飛風含珠閣動花傍藥欄輝酒伴能相覓春筵賞不違仙郎有高唱轉覺和人稀

游老君洞

入山頓覺俗緣消況復捫星上紫霄石乳滴雲開萬洞山龍盤水下三橋天仙鶴舉留丹竈玉女鸞迴響碧簫回首浮生無處著欲將身世混漁樵

名山江上徧維舟石室仙壇此絕幽金鼎丹光蟠白鶴洞天雲氣伴青牛元宮彷彿來三島煙水分明接十洲醉擬

五雲下山路豈風披拂鳳毛裘

游西峰嵒

老君嵒畔秀西峰雲洞丹梯歷萬重幻化山河開佛狀莊嚴鸞鶴象仙蹤瑤壇翠柱虬龍見花閣蓮臺煙霧濃更欲崆峒問天老長歌山月下雲松

登老子嵒高閣

山門宛轉盤雲磴仙閣高寒出洞天霞氣成龍隨竹杖花香依鶴下芝田迴峰並度南來鴈短棹齊飛江上船北望長安何處是日華遙在五雲邊

抄 抄

登立魚峰

小龍潭上立魚山絕壁懸蘿豈易攀金磴斜分天路轉翠霞高抱玉峰閑洞中鳥語憑吞吐江上漁舟自往還清嘯隨風落牛斗始知身在五雲端

謁柳子厚祠

窈窕山門入柳堂陰陰松檜鬱秋香多才憐汝終踈放往迹令人倍感傷荒塚草寒鋪夜月斷碑字沒臥斜陽遙將萬古英雄淚灑向江流孰短長

張騰霄

縣志收

騰霄字子翀臨桂人正德十四年舉人官鄧州學正
有古穰漫稿楚客吟草

堯山秋興 臨桂

百尺琳宮翾五雲空階落葉漸紛紛到來並坐青霞席醉
裏猶餐碧澗芹竹覆藥欄時窈窕泉通石竇自氤氳西風
萬里堪飛舄安得王喬馭鶴羣

馮承芳

承芳字世立其先桂林人後居蒼梧嘉靖二年進士
官工部都水司主事罷歸有靜觀錄桂山吟稿

抄　抄

三友堂歌

維松翹翹維竹斯耦維梅斯右頡之頏之執我艮友執我艮友友節友貞友潔其英不凋不零霜雪崢嶸用考我德歲寒之盟

王問

問臨桂人嘉靖十年舉人官推官

送阮沙城梧州調兵

六月詠棲棲瑋書晝夜馳逐征嶺西卒來靖海東夷赤豹森皮甲飛熊繡羽旂似聞軍令肅戢戢下江滸

送顧九華之蒼梧二首

乘驛趨滇水遷官又鬱林兩郡俱絕域萬里隔同心簿領三刀貴風煙百粤深壯圖應未已愧我早投簪

攜手出南郭躊躇川日斜輶車初倅郡遷客又辭家一入蠻中路全開臘底花邇來施教訖文物似中華

鬱林州

舊屬蒼梧郡今通南海軍峒中風轉惡嶺外氣全分怪蟒呼人姓陰蛟吐瘴雲夷歌起樵牧幾度隔墟聞

阮駕部廣西調兵至留都

抄

去歲高秋遠調兵瓦家新赴秣陵城金戈鐵馬雲中出萬
里龍沙一日平
虎艦橫江會十連靈旂獵獵鼓闐闐已沈鐵鎖環滄海更
遣飛猿下日邊

王納講

納講融縣人嘉靖二十九年進士兩淮巡按

贈柳州桂二守

南登桂嶺道郤上楚鄉舟賦就江蘺晚書囘旅鴈秋山形
攢劍戟方語雜旃裘好種江邊柳遲將惠化留

張鳴鳳

鳴鳳字羽王臨桂人嘉靖三十一年舉人官應天府通判著述最富有桂勝桂故漕書西遷注浮萍集東濳集河垣稿讁臺稿粵臺稿見千頃堂書目今皆佚惟存羽王先生集畧僧超揆所刻也妻周氏名潔字玉如亦能詩有雲巢集

四庫全書提要云羽王先生集畧明張鳴鳳撰是集爲僧超揆所刻超揆卽鳴鳳之孫也自稱家遺鐫集七種値兵火幸存因從全稿內錄其十分之二付之剞劂然桂故等三書亦在其內惟詩文集及漕書八論世無別行之本而超揆刪削無識往往去其菁華搴其蘙芟已非復鳴鳳之舊矣

省志收

隱山六洞

朝陽洞

六洞盡玲瓏棲眞定在東晨光將紫氣還遶伯陽翁

夕陽洞

煙際度歸樵明滅不可辨返照射西巖潭光映東巘

南華洞

昔人此采蓮今日此栽稻躊躇桑海間笑問南華老

北牖洞

巖棲偏駐日石榻但眠雲聖世辭家隱何慚巢許羣

省志收

嘉蓮洞

巖潭回合處可望不可入欲摘同心花傷嗟長佇立

白雀洞

瑞羽去已久深嗟名不滅遙思千載人風素何高潔

自木龍渡浮江而下過還珠洞感伏波之事作還珠洞歌

渡頭水深百餘尺洞門落照涵波碧人言下有支機石定是織綃之淵客往往珠光射旁磧誤道曾傾浮海船粱崧小兒口多聱朱勃書生訟徒劇將軍心事隨巳白帝舅刻

侯何赫赫悲哉巧舌銛如戟況復孤臣屢經謫呼兒把酒
酹煙波歌以還珠感今昔

藩使喬公招陪學憲劉公飲灘山閣上醉歸作歌爰
紀其事

喬公愛士復愛奇傍巖置酒新春時風狂欲撼山頂壁濤
怒難撑崕腳危嬌鶯當樹不敢顧大魚竄人似相忤恰愁
閣折潭更深那畏貂穿寒已屢公方離席眺前川憲使憑
闌指顧問乍喜羣峰凌暮靄忽驚片月度澄灣此時燃燭
呼五白酒酣忘卻風波劇留連且待須臾懽禮數安知許

縣志收

多隔不見從來謝傳賢遭風嘯咏海中船兩公襟度長如
此應恕張生醉後顛

晦日遊隱山

節晦前朝重春山勝事多巖虛渾駕木石長半淩波日影
驚魚躍泉聲答鳥歌韋與碑在否不惜更摩挲

九日渚臺

繞臺多種菊應不巽陶家几拂松餘翠杯浮桂續花頗矜
貧士樂且幸小兒誇莫問白衣事東鄰更可賒

臘日兒輩置酒含暉閣

縣志收

縣志收

延眺屬茲辰江山半露春烟澄初聒鳥雲碧更親人風壞
閒千古文章寄一身落梅吾欲賦兒指北枝新

游堯山玉皇閣

仙閣高鄰上帝宫石闌攀眺出晴空山如列宿齊朝北江
似游龍曲向東豈羨鍊形堪馭鶴尙憐奇氣欲凌虹醉鄉
近在吾家側不用裁書寄朔鴻

酌棲霞洞口

洞門烟景媚春晴下繞東溪水更清乍落芳桃驚浴鷺漸
垂纖柳隱啼鶯看碑轉覺名難立對酒方知句易成戲折

京都廣西會館神主
作刑部侍郎然兵部尚书
謚忠簡

抄

菊花簪不定接䍦乘醉任欹傾

雉山溪送王公恒叔往端州

莫嗟辛苦更南行千里端州是水程夾岸林嵐秋埽盡枕邊無數碧峰明

江上餞余羨長

杏花村裏見餘芳彈子溪頭把餞觴笑倩美人牽客袂莫教流水促分張

張翀

翀字子儀馬平人嘉靖三十二年進士官兵部右侍

郎贈尚書謚忠簡事蹟見明史本傳有鶴樓集

有渾然子

別貴竹諸友

十年與君遊千里與君別把袂意不言含杯氣欲絕漸隔瀟湘雲空留夜郎月一曲瑤琴彈知音對誰說

登焦山夜歸

短棹乘風去輕輿帶月歸花香入徑細漁火隔江微遠寺猶聞磬荒村半掩扉石橋橫渡處醉看海棠飛

有懷

五落龍山葉三來鴈足書夢中親舍近天外故人疎寥闊

乾坤裏疎狂醒醉餘秋風吹短髮溪畔獨躊躇

楊際熙

際熙字惺中容縣人嘉靖三十七年舉人官雲南僉事

都嶠山

指點名山望裏賒登臨此日興無涯林端石徑雲隨陟空外曇花象不遮僻境偏多穿蔦蔓閑身能足臥烟霞依違恍若塵心洗好向醫王問法華

勾漏山

葛令何年採藥遊尚傳仙跡似羅浮洞門不鎖霞光冷丹竈無烟古木秋

李廣圖

廣圖懷集人嘉靖三十七年舉人官普寧知縣

會仙臺

柯爛仙人久不來洞門雲鎖向誰開巖花自解知心語猶伴天風到石臺

舒應龍

應龍字仲陽全州人嘉靖四十一年進士官工部尚

書

湘山寺

空王臺殿絕囂氛玉盞燈明正夜分山徑猿啼初上月石牀僧定恰歸雲眼前幻影空中色象外眞詮靜裏聞漏盡蓮花心似水惟餘香霧自氤氳

何世錦

世錦字伯炯興業人嘉靖中官南雄經歷

閱邸報

平生教子惟忠孝忽報郎官犯至尊果秉丹誠昭日月笑

將淚雨灑乾坤

粤西文載云世錦子以尚官戶部以事建言忤旨得罪下廷獄邸報至舉家失措錦獨不變色且從容賦詩云云吟畢謂有子如此錫我光矣

鄧鏻

鏻字克柔宣化人嘉靖間隱居半村人稱爲半村先生早孤以母多病遂精醫術不應舉以吟詠自適有半村詩集

答人勸應舉

野人耽得野人趣老大何曾解讀書酣酒吟詩緣底事耕

田鑿井更何如未因紫氣騰霄漢自有春風到草廬聖代於今又堯舜腳根隨處可樵漁

梁允玳

允玳字雲松懷集人隆慶三年貢生官上海縣丞祀鄉賢有詩見名勝志及懷集縣志

花石洞

無勞萬里訪蓬萊咫尺躋攀此地來四壁閒雲隨去住一溪流水自縈洄蒼藤古木迷青嶂碧蘚新篁帶彩隈蕭散芒鞋三昧酒不妨吟眺日登臺

省志收

道上巖遺跡 葛稚川 即花石洞

得道眞人去不回空餘巖洞向崔巍雀飛兎走懸丹竈棲鶴銜巢歲歲來

省志收 抄

釣魚臺

四尺長竿十尺絲石潭深處白魚肥炎荒不到春山雪漫著羊裘上釣磯

退菴詩話云廣西舊志及粤西詩載並以此首爲梁允瑤作今從懷集縣志訂正縣志無允瑤之名也

抄

大廟峽 懷集山 見省志

華山聳峯鎮中流古廟陰陰古木秋可是地靈關福澤香

烟潭影日悠悠

珠投石（又名諸仙石）

跨鶴諸仙汗漫遊長羊已向石中投孟嘗合浦還無術象

罔當年索未周

楊際會

際會字仕遇容縣人萬歷五年進士歷官閩臬參楚

藩

都嶠山

海上傳聞員嶠島此山應是幻形來丹爐已就千年藥金

界曾飛幾劫灰南洞斷碑湮舊篆北堂荒徑長新苔白雲縹緲生仙籟疑有眞人駕鶴回

曹學程

學程字希明全州人萬歷十一年進士官廣東道御史以建言放歸天啟初贈太僕寺少卿

湘山小館即事

漫向東林借一枝無邊光景坐來移風清桂苑黃金樹露冷蓮房白玉池十地松雲堪入賦五天花雨恰催詩同人永日清歡洽還愛虛窗月上時

莫魯

魯字省菴懷集人萬歷十一年貢生官雷州教授按前明臨桂靈川平樂宜山岑溪各有莫魯而白鶴山燕嵒二景實在懷集今梧州府志懷集縣志並載此詩故題爲懷集人

白鶴山

崚嶒迎羽翰顧影萃山靈奇骨孤峰瘦寒霜絕頂輕九臯風欲静五夜月猶明千載懸歸思棲遲若有情

燕嵒

步入嵒虛竹徑深樵歌驚燕度疎林溪寒石鼎丹砂淨洞

抄

隱禪砧碧露侵訪迹漫追他日意求仙恐負百年心桃源
聞道迷劉阮歸路疑從此處尋

舒宏志

宏志字心矩全州人應龍子萬歷十四年以第三人
及第授編修早卒

九日湘山寺登高

何處開樽四望賒翠微深處老僧家九嶷遠翠凝秋色八
桂香風送晚霞鴈陣初回天上字螺盤新獻佛前花百年
幾遂登臨興醉把萸觴憶孟嘉

林應高

應高字虛衷懷集人萬曆二十一年貢生官尤溪縣丞

南溪 省志懷溪水在懷集縣西南一名南溪

毎滌南溪一水長灣環如帶壯懷揚蜂含珠魄應生媚龍奮潭心自閃光浪靜月明空色相風行波動起文章何煩虛羨釣鰲客極目扶桑嘆望洋

三管英靈集卷六

福州梁章鉅輯

王貴德

貴德字正源容縣人萬歴四十六年舉人官湖南監軍僉事有青箱集牘

坐尊經閣

聖代崇經術鯫生愧虛鶩偶來憑廣閣遐瞻悵吾素鳥去雲留影花明鶴矜步天長不可極道大傷遲暮徘徊十年事掩卷忘其故

訪七星巖

幾年儆塵鞅渴襟無與滌一官寄縫掖斯懷喜清適念彼星巖美投歡况疇昔幸玆一日暇馳訪可容息松烟與竹韻蘿陰共苔席幽細生遐想徘徊得周析泉壑非有異耳目一再闢吾志期汗漫從此可朝夕

與區自書訪唐景叔巖居

海天正空闊孤鳥投深林自處豈不高彼侶悲遙岑如爾自巖穴我心殊未愔趁此風日美結伴相追尋輕香出層徑蘚花羅繁陰中列琴與書佳石互幽森環坐得肆眺光

氣清入心松影入天長鳥聲歸壑深此際結遐想閒雲襲輕襟領略且終日得句相豪吟并以志高步不令荒草沈

中秋同劉承之蔣巽公

開軒集良友清光散幽襟平居惜佳節眷此素秋臨離離出瓊霄輝輝照嘉林顧景衷欲耿念涼衣不禁與子異鄉縣一夕同光陰會晤安得常臨風暢高吟

宿遷登舟

憂途四十日勞瘁忽頭白今朝坐舟際浣塵兼安魄春流浪聲駛水活岸容澤周瞻謝勞戟鄙懷借洋溢

發上新河

浩蕩春風遠微茫江水平久客志歸疾理楫溯流輕滅沒波際影況我倦遊情盼蘆測遙浦瞻雲馳遠程新河暫為別長風快我行

南安舟中望庾嶺諸山

波色媚晴川蘚花繡枯石不盡泳游趣坐茲稱幽適水窮看雲起蒼翠疑欲滴凭欄幾瞻眺羣巘當几席水以照芳素山以清幽䰢山水欣有緣浪遊得深益

解鞍觴掌鞭者

勞險憶如許念爾同所憂奔竄盡終夜性命相慰留鹽山及海澨痛定生遶愁呼酒酌爾醉百盞未云酬艱危雖釋然斯懷何能休

過邵伯湖

野色輕浮浪湖光靜迎棹微風不遽驟蘆葦蕭蕭發客子心中事渺如波際月搖搖未有據悤悤何可說遐矚得幽詭忘情坐超越

郯城縣寇警

侵曉破濃露遙遙聽雞曙輕風出城南搣搣擾我緒時非

太平候貙虎肆狂鷙小儒怯行邁曉夜費防慮强弓挽無力快馬逸不駐同輩憐我弱周旋出孔路念我戒心時當年問官處

贈張州同張舊署麻陽（自註諱朝綱通海人）

時當傾否際地困瘡痍苦淸惠有遺詠感君以何武西晃與東源更藉釐與撫君子重明德民事不敢侮何分居攝暫一意持廨監矯矯滇雲俊英英芷沅輔明山下膏澤錦水借咻煦前者後之師因君識治譜

吏事得良友傾心佩蘭芷安事夙昔交修文匿虛詭余性

寡明哲存誠重克己君自富文藻所冀飾吾鄙玉磨贈徐守與子稱同里桑君四明彥二子東南美多賢樂玆土星聚動天紀徘徊仰高躅秀朗消塵滓治民先信友今日謹其始

撫饑民

余以壬午十月之望始涖麻陽走謁諸臺遂踰兩月比歸無多日而歲除矣元夕後鄰民告變麻民亦變以三年大旱無恤之者余以新令未孚於民欲出撫之恩不見信已念新令或無叢怨撫之無不信者遂出撫之法

巽兼譬民亦余信忍飢散去因作詩誌之堂壁令千載下知麻陽無變民

孤城隱疊巘深箐半虧蔽民生如太古耕鑿安平世邇歲苦徵歛鶩鶩各奔避庚辛洊壬午肥蟦復連祟當事或忘恤羣心乃震沸作令我伊始修謁何敢廢俶擾起鄰境吾民遂習猘昧者貪苟得識者守民義巡行阡與陌吾達引曲譬上明天子詔下述荒政誌秉彝未嘗泯聞譬亦散逝有欲無主亂非關性不類恤民兼自勗作詩紀其事

唐景叔移住星巖作此貽之

羣峰染黛作晴色層崖邃壑開幽域上引蒼松千尺老下瞰澄湖杳莫測騷人韻士幾披陟耳目偶經羨深得我友耽奇唐景叔日夕追遊謂未足忽遣江畔紫霞居來就山中蒼蘚宿老梅怪石作良友氣潔神清對新瀑夜借歸雲爲扃戸曉聽流鶯出幽谷山水清嘉洵至理佳山須祭山終始君衷幽細眼高寂久之應析此中旨予愧鈍根無慧力憑君雅淡消塵滓

江頭雜興

西風吹水日銜山觀水有術觀其瀾蜀江渺渺東流去淺

沙爲磧峻爲灘黃蒿青竹啼野鳥聒我客思不得寬腰間有劍可屠龍對此鯨波膽亦雄屠龍搏虎少年事老來志大力不濟

漁舟晚繫灘上樹霜葉蕭蕭水急流扣舷長歌白石爛水聲歌聲相和幽世事不聞無所綣得魚沽酒勝高宴一日風波千百遭穩臥船頭目不眩丈夫涉世枉驚瞶空羨雙瞳耿如電

野鶴呼羣沙際立潛淵細鱗不敢出日光鶴影落潭底細鱗愈匿鶴應徙鶴不徙鱗不來呼羣索食志須乖人生株

守亦如此雲霄不逐逐蒿萊我笑鶴愚不得食鶴笑我癡空嘆息

淮陰祠

淮流奔雲日不息長風捲地號大澤野曠天低莽自馳片帆高挂淮陰驛淮陰帆影日欲西酌酒且讀淮陰碑淮陰祠前春草綠英雄往事不勝悲宮離胯下氣嶙峋虎視鷹揚足一身手翼六龍夷楚項躬親百戰定三秦定秦夷項漢業成留侯辟穀問長生不堪雲夢留遺恨千載行人弔不平乾坤不改舊山川丈夫末路幾能全鳥盡弓藏原自

昔豈云貝種未爲賢長歌當笑我慨慷高雲不散氣悲涼
乘風破浪放舟去回首荒祠樹渺茫

離京日卒卒別友人作

萍蹤忻雅聚忽作亂中離好友重相惜孤衷愧所知霜風
高戰氣冷月咽冰澌念子關心處爲予穩步時

高郵州

淮流清不極城倚大堤深天遠雲遮浪春晴鳥換林行蹤
千折苦歸夢十年沈薊北塵清未關河愴客心

過梅庵訪僧

一徑繞深碧孤庵環衆梅想當高月際不盡曠懷開山靜
見雲去風清知鶴來共憐相識晚疏影幾徘徊

端州齋舍喜正已舍弟至

七年今見弟萬里獨愁予縱有青氈在其如白髮疏衰親
勞爾慰弱息得兼噓不盡低徊處空齋嘆索居

署中寫懷

江聲流不息時向靜中聞逝者如相遇歸與空自慇城頭
青嶂斷庭際綠陰分自笑乾坤裏渺予安足云

宿三水縣

一葉懸烟際疎林颯有聲山歸羚峽盡潮入海門平霜月江俱白寒嵐晚更清高歌聊獨酌鼓角滿空城

南安東山寺

水木紛相悅殘鐘依白雲十年不到寺今日幸離羣靜覩疑無物冥思若有聞誰言近城市幽趣已先分

宿州

一抹寒烟羣迎風照凍林馬驅平莽疾城度斷橋深日氣薰餘暖車聲搖衆音天高雙眼闊寥落一長吟

徐州晚眺

千古英雄地風雲黯大荒壯圖惟斷隴往蹟但枯桑山色
橫征旆河流送夕陽停車一憑眺情共落霞長

官橋

栖栖征騎晩旅宿又官橋凍氣摧枯柳嚴霜挾皺貂風塵
雙劒在磊塊一杯澆不盡齊滕路孤眠度好宵

富莊驛除夕同黃青來謝履安蕭威侯余與蕭粵人
黃謝豫章人也

客路逢除夕高朋集富莊風塵俱異國談笑各歸鄉酒借
孤村醉梅看隔歲香明朝春信好仔細問東皇

元旦

破凍開新歴迎和羡好年風塵孤騎遠雲日寸心懸鵲喜春偏早梅占氣獨先帝京晴色裏遙映瑞光連

宿東平州

行役不知苦辭燕又客齊風塵驅倦馬蹤跡候鳴雞彈鋏歌應咽吹竽韻亦凄鄉關雲影外杯酒夕陽西

自小溪至南安作

一水瀠遙碧灣灣開翠微人窺青嶂寂樹引綠烟肥美睡安孤枕虛情淡落暉無窮山水趣觸處不相違

還家對友作

不敢忘吾素還尋舊薜蘿山光仍照戸池影欲薫荷草閣琴書靜雲亭水木和安貞原在昔羞自說蹉跎

人日入都門飲何會淡寓所

國門方解轡人日正開尊烟入千家柳春生何處村高歌酬易水痛飲傲平原拭匣看雙劒雌雄未可論

敘州懷古

疊嶂孤城峭臨風覽大荒犍為梁屬國僰道漢遺疆山色連巴子江流控夜郎曾勞先刺史綏定羨鞭長

符古甫招飲二郎祠

林影射晴日山光襲曲廊杯分江水綠花雜野橙黃鳥語時喧席童歌自繞梁隔城燈火動歸棹月微茫

與景大酉諸子窮叙州諸勝

作吏山水窟登臨是夙緣逢人多勝侶出郭即晴川翠竹映青嶂蒼波淩紫烟叙州行樂處遮莫謫成仙

武陵作

至人讓天下甯甘高蹈名夏衣蘿薜冷冬挾羽裘輕逍遥人間世志得不攖情我來武陵郡懷古欽其貞善卷

幾載臨沅令千秋絕漠人男兒不成名甘心葬虜塵等閑臨雪窖曾否淚沾巾豈謂清陵館荆人猶憶君 李陵

朗州舊司馬公餘每賦詩山水有夙趣登眺日暢之龍巖與延水揮毫知幾時只今武陵曲多半舊題詞 劉禹錫

謁沅州遂憩南寺

偶客沅州郭因爲南寺居好僧清對竹無事靜窺魚月照孤雲際鐘鳴殘雪餘空香消百慮隱几夜窗虛

石鳳庵

石徑縈山曲禪房結竹陰佛嚴香有篆鐘靜梵無音澗洗

僧厨潔雲棲鶴屋深危欄凭逝水清嘯落孤岑

題尹芙右天池山居

不作承明客營茲山水居松聲歸壑靜竹氣入簾虛畫舫能乘月清池可樂魚煙霞久成癖吾道在華胥

小憩靈景寺

一巡分烟際長巖豁寺門僧孤不欲伴佛老自忘尊斷壁留雲氣荒階落蘚痕永懷秋色裡空寂本無言

遊都嶠寶元觀

峯如拔地起洞自倚天開老佛遺金碧殘碑蔚草萊鐘聲

隨月散僧影帶雲回一宿元宮夜清光映素梅

再遊都嶠

未了青山願重來問舊遊雲低千嶂合烟暝萬松秋羣竹栖孤鶴寒泉咽細流何時歸白社饒我老丹邱

此首與卷三王惟道同貴德係其後人或其家集傳鈔有誤入歟姑兩存之

冬至附府禮成同江黔陽過集唐沅陵衙舍 唐諱夔汀州人

沅陵稱趙日雲物屬陽回氣動南橋柳人親官舍梅千戈傷節候風雪妒尊罍不盡中原望愁心何處裁

呈陳觀察白岳 諱璉宣化人

下吏修初謁居卑禮自嚴公憐冰雪性爲解縟苛嫌名理析無始孤情淡所淹風塵片語際清絕映霜蟾

皇甫登縫掖中郎降仲宣遂成千古事來世豈云然水鏡虛能映冰壺湛在懸傾心武陵水私淑愧奇偏

厓門弔古

厓門秋水碧千古自潺湲社稷洪濤裏君臣白莽間荒陵淒落日遺廟閉空山欲問前朝事西風蘆荻灣

落木棲歸鳥斜陽起晚風海雲猶列陣山月只殘宮爲國忠同死成仁敗亦功臨流一憑弔烟雨肆空濛

奇石陰雲結寒潮暝色連慈元空有殿瘴海已無天運値強胡日波沉滅宋年荒厓留斷碣歲歲冷秋煙

萬木蕭森處三臣忠烈祠海天堪捧日宗社有還時弱勢看星隕殘靈遂北遺興亡千古事不獨宋臣悲

寶月臺同諸子

偶躡層臺上孤高秋氣清開簾分竹色繞砌步松聲石氣淨青遠湖紋浣綠平長風呼廣澤斜日照孤城木脫鴉羣散天空雁影橫蕭疏如此候浩蕩豈無情興至舒長嘯詩成狎主盟良朋喜同調逸思各橫生天地自寥廓雲山幾

變更坐憑縹緲際共待月華生

九日夷陵

憂時傷涕淚垂老厭江湖況是秋風裏其如客影孤高雲浮欲墮怒浪捲將枯朔氣催刁斗陰風急鼓枹關河一棹隔戎馬十年徂誰擅登高賦同開採菊壺丹楓搖楚峽蒼狖唳巴巫日落孤城峭霞回斷岸紆砧聲吹素女鴈陣泣青奴霄漢霜鵰健沙場鐵馬猪衣寒應自授帽落不須扶遶想昇平日愁看困頓塗作閩兵入衞忽報將爭逋薊北摧雄鎮江南失壯圖幾煩宵旰聖未見廓清謨閣部羞先

逝園陵慘繼層寒銷北望眼悽絕夜啼烏且向夷陵臥無
勞彭澤呼

自海濱迤邐度穆陵關

齊桓舊履峴爲山百道艱虞此度關路入曉烟春未老人
投孤戍鬢先斑鄉心久聽邊笳碎旅夢今遵海澨還荒館
茅柴多苦勁也應况我一開顏

泊吉安

落日孤帆繼客情螺川春盡暮雲生靈泉寺帶殘霞色白
鷺洲分夜雨聲山郭看花悲往昔江風對酒憶平生元龍

湖海冬豪氣不奈烟波別思縈

歸度梅關

南來萬里幾銷魂望入關門即里門樹帶冷光清對影烟隨微步溼留痕行藏念與歸雲寂身世緣如落葉翻新雨漲來江水闊早憑高浪到鄉園

入端州逢張還一時還一新謫府幕

忽投端水又逢君曾憶燕山幾醉雲笑引長江雙峽盡坐看明月半庭分關心往事隨流水得意豪吟對落曛最喜鄉園都不遠親闈時得一相聞

留別諸子

新桐一葉墮秋聲江上秋痕照眼明客思欲浮晴浪去離情偏向暮雲生青山笑我空留句涼月憑誰一聽箏杯酒乾坤從此別胸中五嶽自崢嶸

拜包孝肅祠

霜氣吹雲肅祠宇侵階細草碧蕭蕭清風自映此江水介性宵濡彼岸潮日落高城森暮嶼天長孤鴈唳商飇瓣香再拜瞻遺像滿地秋聲落木驕

大西山和韻

丹洞留雲生紫氣霜風吹日度重阿斯文久逐秦灰冷此地仍傳策府多石竇垂蓮青欲墮烟崖滴雨翠相過靈光銷歇山川在猶得空名問薜蘿

涪川

客舟東下涪江口城對龍坑百折流霜落石魚無迅瀨沙明銅柱見高秋千家烟老梧桐樹九月香銷杜若洲前後行蹤經幾度風雲無恙一登樓

抵江陵

兩年無夢到章臺秋盡荆門一再來灩澦濤聲千里至城

陵樹影半湖開孤舟對月愁聞鴈長笛臨風悵落梅遙遡
辰陽八百里洞庭寒色早相催

送武陵甘子紆入覲

子紆向未識荆識之自武陵始時覲期迫矣一見遂別
彼此泫然一律贈行未商工拙

聲華昔日遙相映風度今朝始識君不奈繁霜催禹會却
憐孤月照鴻分關河歲晏黃流急南北烽高赤羽殷清問
九重方降色壯猷何以靖妖氛

長至過蔣巽公學齋

抄

寒旭暖分梅信至晴軒光起竹痕邊相過杯酒開吟社偶簡篇詩結醉緣臺上書雲矜彩筆階前留雪掃青氈關山戎馬湖襄近一線新陽客思懸

初發容江 容縣

日落澄江烟滿洲帆開繡水暮雲流青山斂黛迎新露紅樹蒸霞豔早秋萬里客程今夜月一樽清興此行舟高歌放眼吾誰似宗慤長風快壯遊

舟過張曲江公墓

澄江細浪鬱相催高冢橫流夕照開炳矣當年金作鑑淒

然此地夜爲臺烟凝怪石迷青嶂露冷芳林映素梅最美
爐瓶天設供臨風瞻望幾徘徊

江上除夕

蕭條冰雪滯江干坐擁殘年此夕看世事笑隨孤燭冷客
心愁倚暮雲寒一樽椒柏酬時令萬里風雲愧羽翰每憶
浪遊輕歲晚狂歌痛飲又更闌

元旦

暖烟江上開芳歲杯酒天涯酌好春舟楫幸將人事省年
華偏向客懷新書攤晴日奇餘字梅折香林靜對人直北

偶聞鼙鼓急祥風想已蕩輕塵

揚州

長淮春盡曉風清柳浪吹煙滯客情豔聽竹西絃管細晴分江北海雲平濤痕灑雨疑浮市水氣蒸霞欲過城不淺綠尊能自醉臥看明月帶潮生

初入長安作

塵淨千門雪欲晴彤雲瑞繞鳳皇城山河萬里雄周甸日月中天聳漢京十載有懷丹闕願九衢今識泰階平春風曉日觀光遍不盡私衷祝聖明

歸至浦口問渡

謝却征車復問津秣陵江上倦遊人黃昏雞黍誰留宿歷亂鶯花尚有春牛首煙消平野闊馬當濤急晚潮新青山綠水曾相識好借長風日幾廵

金陵除夕

歲逼天涯朔意催同人江閣醉椒醅百年談笑空駒隙一夕歡娛且鳳臺柳眼暗將寒影破梅花清對夜魂開薊門春色遙相待明日新詩次第裁

送梁廸公通判杭州

雪滿燕臺朔氣驕使君南去擁星軺長雲凍入吳天樹落日寒生浙海潮掩映西湖原勝地風流别傳自高標公餘倘問梅花宅明月孤山傍六橋

丁丑除夕同舒再航呂閔生董和卿

雪映千門朔氣寒帝城殘臘且追歡當杯大笑酬龍劒擊筑高歌對鶡冠清幹共憐梅影瘦華燈不放夜光闌乾坤此夕須沈醉明日春風取次看

何會淡歸櫬詩以送之

十月繁霜淒夜烏魂銷京國月輪孤廿年兄弟同行客一

旦風塵老壯夫鶴影化雲歸碧漢猿聲啼雨入蒼梧故鄉此去八千里劒氣無光草色枯

題王洪厓兵使蕩平嶺海冊二首

吞水文章叢大家欣逢嶺海建高牙風清四野人瞻斗月照長空劒吐花方略不須陳闕下指揮今已靜天涯全才自昔兼文武一曲鐃歌聽未遐

炎方使節借長城范老胸中富甲兵晝戟風搖秋氣肅碧幢雲擁海氛平樓頭鼓角閒清晝部下絃歌樂更生聞道紫泥方降詔須知黃閣待持衡

符吉甫招飲翠屏山亭

雲染千峯翠欲肥尊開桑落椰烟霏前江帆影迎風急後寺鐘聲應磬微坐對綠陰春在野醉憑清嘯樂忘機夕陽人散空山暝倚杖高歌踏月歸

寄隆昌周倚梧

每逢談笑挹芝顏作宰憐君錦水灣竹散輕陰琴鶴遠簾垂香篆簿書閒龍橋夜色曾呼月鵝洞春風幾叩關茂叔襟期原灑落肯容俗客共追攀

劉翼明參知籌兵川南賦呈

巫峽句宣舊有名汶江仍得借長城烟消芭部千峰逈日射龍湖萬壑清直以星霞明劍氣何須風鶴壯軍聲竹王祠畔傳新警成筭篇來亥第行

登白雲樓有懷王李諸先輩

樓頭錯落白雲篇徙倚臨風仰昔賢北闕聲華秋漢遠西京詞賦夜光懸山當浩渺開青嶂天入蒼茫生紫烟老我憑唐空短鬢幾回吟望對飛鳶

讀孫抱一先生忠烈錄

畢節孤城守僻阿憑誰迅掃陣雲過單車憲使能傳箭刻

寨烏蠻自倒戈帳有諜人窺壁壘身餘忠烈壯山河血書讀罷陰風起慷慨睢陽未足多

秋懷

戎州山郭亂雲飛萬戸霜清金柝微浩蕩可能生氣色閒關何處問庭闈風迴絕壑松濤壯日落長林烟樹稀回首東山正蕭瑟一聲橫笛到漁磯

搖落西風客思寒月明清露濕闌干城邊夜氣催霜角江上秋痕到雪灘歲歲黃花憐我瘦山山紅葉為誰殘傷心烏道來千嶂孤劍牀頭掩匣看

高城一望四烟收霜葉蕭蕭映碧流黑水魚龍歸大壑丹山鴻鴈入清秋孤燈掩卷成長往一夜思鄉堪白頭不斷疏砧敲冷月空憐萍跡付浮漚

岷江東去浪聲遙秋色蒸霞莽不消叢桂暗香薰別院碧梧清影落長條未堪明月時聞鴈況復空庭獨聽籥鄉國年來魚信斷幾回心折寇氛驕

戊寅靜海縣除夕

殺氣彌天不欲舒客懷何處問居諸好將幾日開關夢總付今宵作歲除

桃源縣

長風迅浪桃源縣萬里黃流天際來不盡平蕪望山郭曉烟吹向夕陽開

送周尉入覲 諱夢麟蘇州人

禹會霜風萬里期孤裝搖曳楚雲遲辰州相送斜陽外隨處丹楓醉別離

萬縣

再來巴蜀經行徧弔古題詩老歲華不盡修途知幾許且隨南浦問扶嘉

九溪道中

抛却帆檣擁馬行九溪寒月嶺頭生幾家茅屋屯孤戍燈火遥遥隔樹明

偶到玉華觀

玉華道士歸何處門掩青山落日西滿地白雲閒不掃竹陰深處一鶯啼

南雄放舟

歸客朝辭嶺上梅暮帆東下聽輕雷前灘忽漲水三尺一夜韶陽客思開

岸草輕移水一灣十年歸夢鬢先斑長風半席八千里送
馬灘頭月在山

三管英靈集卷七

福州梁章鉅輯

袁崇煥

崇煥字自如又字元素平南人萬歷　年進士由邵武知縣累官至兵部尚書總督薊遼登萊天津軍務事蹟具明史本傳有樂性堂遺稿

退庵詩話云明史本傳以公爲廣東東莞人而廣西通志作平南人潯州府志選舉表注云舊載藤縣籍平南人一載平南籍廣東東莞人余嘗讀平南袁醴庭同年詩集有修明薊遼督師家自如先生遺稿句云縣志至今傳兩地田園猶在不須爭又樂性堂稿中有登賢書後回東莞謁墓詩云分小辭鄉國飄零

二十年又游鳫洲詩注云予居平南初應童子試被人訐今改籍藤縣合而考之其祖籍東莞實居平南又寄籍藤縣無疑也公不必以詩名而所作皆豪邁有眞氣足稱其為人故所登獨多云

遊曹溪禮六祖

虞帝南游時此地幾陵谷黃梅證道歸此事非變局卽今南華源已接西天竺頓門從此開信衣不必續居俗已成僧甯擇菜與肉風旛未足疑在獵心無逐何須轉法華自性無不足我來禮金身恍惚舊眷屬四十未有期已失初面目劍樹狎如家愛河湛且浴非盡還是非愈解愈桎梏騎驢更覓驢失鹿還覓鹿無邊是苦海有底非黑獄以茲

煩惱因電光空僕僕如控惡毒龍豈伹難把捉願師大慈悲更與同人賜

樂性堂讀書示燦煜二弟

讀書欲求道道在倫常內古人不可見遙遙隔異代賴此簡編存言動盡記載寒窗風雨中日日作酬對莊誦獨焚香便如提命誨名言弆予心可作韋絃佩温故自知新新機處處在獨恨束高閣拋棄類蕪穢又恨拘迂人支義肆破碎更恨色莊人口是心違背遂令聖賢心翻爲書籍晦不如任天者本原尚無礙茲堂何以名樂性乃吾志志苟

得其眞忠孝無異事弟也當妙年勿爲世俗累百城南面中旗鼓列隊隊馳騁古今人志乃氣之帥精神宜專精勿以半塗廢此心不可欺貴眞不貴僞老大多傷悲年華不能再三省吾此言夙夜其無昧

盆中小榕樹日漸長大移植於地詩以紀之

榕生在粵中人以不材棄盤曲勢參天婆娑蔭覆地暑月多炎溽亭亭獨著翠珍茲數尺枝伴我不憔悴春來手自移培植同幼穉灌溉何殷勤日夕必再至望爾枝葉盛庇護有深意十年計匪遙可以歲月記縱斧摧爲薪一任後

人事

退菴詩話云袁醴庭言公舊居在白馬驛宅臨大河今爲何氏所有榕樹大可合抱青翠盤鬱舟行數里尚可望見即公手植樹也嘉慶己卯何氏伐之以廣其居此詩結句遂成讖語矣

岣嶁山尋禹碑

衡嶽鎮南方元氣自滃鬱支分走別麓岣嶁乃獨出山尖神禹碑兀然千古立奇字蝌蚪形後人不能識昔吾讀韓詩奇語動魂魄所愧生南方恨不長兩翼奮飛到山頂親手爲拂拭今日扁舟過繫纜應努力曉起裹餱糧殷勤帶紙筆攀援曷云疲汗喘不敢息但見白雲起林深萬感寂

歸路忘東西白朝至日昃高下徧幽尋此碑杳無迹豈果有神物呵護作秘惜或緣我癡蒙當前末由覿因思朱晦翁考異得其實（韓詩考異以爲今岳麓實無禹碑此詩所紀蓋當時傳聞之誤）禹碑徒傳聞山上無此石始知昌黎叟好奇誤著述我乃爲所愚枉折游山屐振策出山中山花露欲滴

望鹿門山

鹿門多隱士我愛孟浩然柴門月夜還多病無人憐雖無官可仕已有詩堪傳當時李杜輩衆口推其賢杜門卻不出高卧弄雲烟富貴是何物安居全其天嗟我不才者勞

勞三十年徒索長安米憂來心自煎躬耕吾亦肯負郭家無田入林適我願買山囊無錢茫茫大地內何處堪息肩誓尋佳山水茅屋築數椽咏歌畢吾事偕隱將終焉

嘯臺

奇聲與人殊龍吟復虎嘯雲飛波浪高木落鳥鵲噪孫登效其聲激發混沌竅如同百舌鳴衆音會其妙人物不相同物聲乃人貌偶然登茲臺掩口發一笑

斑竹巖

二女事聖人觀型室家好修短理難齊此理識已早况當

陟方歲年華計已老如何苦相思哀痛作煩惱同心表精誠洒淚染叢篠斑斑或有之萬古不枯槁吾粤有此竹根帶誰肇造流俗喜神奇謬託恐無考

浯溪

次山見不廣山水焉能私今日爲吾有明日知屬誰不見王侯國古今多推移如何卭鑿地乃欲擅居奇三吾名尚存先生已無知憑欄發一笑名人殊太癡

九河故道在南皮縣內今皆壅塞漸不可考下流既淤放洩無所勢必遏積河身日高決潰必大不出百

年河患無窮矣前年河決徐州遷於雲龍山河事無人論及作詩見意

神禹疏九河千秋一大智衆流翕受多力大不可制怒濤日奔馳所貴殺其勢九河既疏通流注去積滯濁流自滔滔其利可萬世如何任壅塞故道不可記遂使聖人功一望作平地泥淤水必爭地狹漲必肆補築日增高決潰更滋弊微禹吾其魚隱憂道曷濟早能為經營事半功倍易憑誰講上策復造萬世利

浣衣里

忠臣血入地地厚爲之裂今濺帝王衣浣痕亦不滅靈質偏成燐光燄九天徹精誠叩帝閽願化一寸鐵良工鑄作劍劍鍔百不折斬盡奸人頭依舊化爲血血汙常如新撫摩觸手熱什襲在笥中留作裳衣設後來誰可同惟有南八舌

舟泊印山步月上點琴亭納涼

舟泊印山下旁有釣魚磯秋暑酷未退坐來白羽揮林前逗月影烏鵲繞枝飛我時興不淺拾級登翠微嘯歌將夜半涼露溼征衣舟師起解纜引手招我歸我游方適意徘

徊不能違始信古人樂秉燭游未非

燕然山

兵戰乃危事不得已用之白骨多如莽哀痛心焉悲功成亦云幸況致貪天爲不求輿人頌但願聖主知名成在竹帛國史無彈譏敬慎可不敗誇張將誰欺陋彼漢竇憲燕然勒銘詞不能善其後物盛理必虧惜哉班孟堅此理不及窺吾今策馬過揚鞭生憂思

黃金臺

燕築黃金臺千金駿骨市利者衆必趨士樂爲之死樂毅

下全齊十倍賞可擬利盡交必窮利大爭必起一朝反間來大抵惟利視吾聞古聖賢君臣同德美淡焉無所求不問泰與否功名亦外物道義實可恃朝內有明良類聚必正士茲臺云如何請自郭隗始

韓淮陰侯廟

一飯君知報高風振俗耳如何解報恩禍爲受恩始丈夫亦何爲功成身可死陵谷有變易遑問赤松子所貴清白心背面早孰揣若聽蒯通言身名已爲累一死成君名不必怨呂雉

抄　抄

舟中春漲

纏綿苦雨聲留滯孤舟夕臥聽漁人語又添水數尺推篷試一望不見春草碧急當乘長風高帆破浪白

舟過平樂登籌邊樓

何人邊城借箸籌功成乃以名其樓此地至今烽火靜想非肉食所能謀我來憑欄試一望江山指顧心悠悠聞道三邊兵未息誰解朝廷君相憂

遊鴈洲 平南縣治前河中常有鴈邑人以鴈多少為科名徵

鴈信連宵至洲邊與往還陣遙鵬欲化隊整鷺同班烟水

家何在風雲影未閒登科聞有光愧我獨緣慳予居平南初應童子試被人訐今改籍藤縣故云

登賢書後回東莞縣謁墓

少小辭鄉國飄零二十年敢云名在榜深愧祭無田邱隴棠梨在衣冠手澤傳夕陽回首處林樹鬱蒼烟

海山樓

層樓高百尺形勢控西東人物興亡外川原指顧中萬家秋杵月一片錦帆風薄醉吹長笛登臨興不窮

黃河

河水奔流去喧騰萬馬聲源從天上落性本地中行濁處眞須激淸來自太平濟川吾有願擊楫動深情

醴庭詩話云先生一代偉人吟詠乃其小事而黃河詩中乃有淸來自太平之句早兆　本朝應運文章之關氣數如此

下第

遇主人多易逢時我獨難八千憐客路三十尙儒冠出岫雲應懶還枝鳥亦安故園泉石好歸去把漁竿

度大庾有懷張曲江先生

梅花開嶺上向暖有南枝相業生前定君恩死後知千秋

傳寶鑑五嶺振新詩風度今何在徘徊起慕思

藤江夜泛

江水白茫茫行舟趁晚涼笛聲三弄罷漁火一星光沽酒尋茅店收帆認柳塘剛逢明月上夜色正蒼蒼

至閩謁大府

侵晨持手版逐隊入軍門衙鼓三聲急官儀一面尊人情今未熟政事昔曾論私謂吾何敢歸來夜未昏

初至邵武

為政原非易親民慎厥初山川今若此風俗更何如訟少

客調鶴身閒即讀書催科與撫字二者我安居

南還別陳龔所總戎

功名勞十載心跡漸多違忍說還山是難言出塞非主恩
天地重臣遇古今稀數卷封章外仍同舊日歸

入獄

北闕勤王日南冠就縶時果然尊獄吏悔不早輿尸執法
人難恕招尤我自知但留清白在粉骨亦何辭

獄中對月

天上月分明看來感舊情當年馳萬馬半夜出長城鋒鏑

曾求死囹圄敢望生心中無限事宵柝擊來驚

聞葉臺山相國乞歸得請賦此寄之

先生今竟去世事更堪憂舉國疑高馬何人問丙牛乞身原貴早屈指似難休宵旰爲蒼生計艱難再稍留

再出關

重整舊戎衣行途賦采薇山河今尚是城郭已全非馬自趨風去戈應指日揮臣心期報國誓唱凱歌歸

別李溪南諸友出邊

浄名驅我出知已定誰憐好酒如今夕名花憶昔年行藏

原有數去住只隨緣願得郊無壘勞人尙愼旃

關上與諸將話舊

隔別又經年今來再執鞭相看人未老憶舊事堪憐兵法三申罷軍容萬甲前諸公同努力指日靜烽烟

答韓賓廷同年

音書千里寄邊城問我行蹤獨有情鐵甲穿來甘九死沙場臥去悟三生自憐好武心猶在深悔封侯事不成修到梅花君福厚定教安穩抵公卿

東林黨人榜中無姓名書此誌感

忽將一網盡清流不絕根株總不休巧造禍胎偏點將欲憑鑄手取封侯曾知道學宜常講早識機關動隱憂（予曾寓書臺山相國深論及此）愧我榜中無姓氏流芳不得共千秋

哭熊經略二首

記得相逢一笑迎親承指授夜談兵才兼文武無餘子（先生應文武兩科皆舉榜首）功到雄奇即罪名慷慨裂眦鬚欲動模糊熱血面如生背人痛極爲私祭灑淚深宵哭失聲

太息弓藏狗又烹狐悲兔死最關情家貧罄盡身難贖賄賂公行殺有名朓幘憤深檀道濟爰書寃及魏元成（時楊左之

獄詞連及公備遭慘毒緣何事想爲登壇善將兵

弟煜來軍中省覲

握手軍門倍黯然相看消瘦最堪憐君原未慣風霜苦我已徒勞歲月遷鄉國談餘渾似夢鼓鼙喧裏不成眠倚閭日望還家早豈不懷歸涕泗漣

偕弟煜夜坐有作

憶到鄉關百事愁挑燈細語不能休人心此日將誰恃予骨他時望爾收畫裏青山長入夢鏡中白髮已盈頭但求烽火今年熄得遂閒身及早抽

哭弟燦

乍聞疑假又疑眞目斷南天灑淚頻往日不傷離別苦昨宵猶作夢魂親田園憐爾徒空手甲胄慚予正在身一去泉臺無信息來生深恐昧前因

前經略宗人應泰藁葬遼陽城外予買棺殮之並歸其櫬

孤魂凄慘哭啁啁無定河邊骨未收死後裹屍無馬革生前飲血有人頭買棺痛哭悲同類祖道蕭條返故邱太息未知身結果且先流涕爲人謀

歸家後作

到得家園涕自傾此身深悔去求名傷心今日方爲子忍淚三年爲奪情老母饑寒奄一命孤兒鋒鏑剩餘生不堪旣抱終天恨又痛荆花憶弟兄

閒居示弟煜

十年辛苦夢中身何幸歸來與爾親正好餘閒將讀補休言薄宦使家貧此心無復升沉想今日同修清淨因頭上二毛添亦得近來歡喜是閒人

到家未百日卽爲崇禎元年詔督師薊遼拜命入都

耳邊金鼓夢猶驚又荷丹書聖主情草野喜逢新雨露河山重憶舊功名痛心老母牽衣泣揮手全家忍淚行只爲君恩辭不得未曾百日事躬耕

邊雨

風斜雨急陣雲平想爲軍中洗甲兵萬帳關心衣暗溼一時昂首馬齊鳴防人薄我晨傳箭避水移山夜拔營頗幸屯田今歲熟先期十日已收成

邊雪

雪花如掌望漫漫腸熱由來不畏寒撫語三軍皆挾纊伏

戎萬騎不離鞍誰家寄到征衣厚昨夜披來舊甲單羽檄交馳催白戰微晴冷絮不曾乾

邊風

葉落邊城遍地秋十分料峭使人愁吹開斗帳搏羊角送上金鞍撲馬頭太息將軍真跋扈果然少女自風流旌旗獵獵飛騰甚鼓角宵鳴尚未收

憶母

夢繞高堂最可哀牽衣曾囑早歸來母年已老家何有國法難容子不才負米當時原可樂讀書今日反爲災思親

想及黃泉見淚血紛紛洒不開

憶弟

競爽曾殤弱一人何圖家禍備艱辛莫憐縲絏非其罪自信纍囚不辱身上將由來無善死合家從此好安貧音書欲寄言難盡囑汝高堂有老親

寄內

離多會少為功名患難思量悔恨生室有萊妻呼負負家無擔石累卿卿當時自矢風雲志今日方深兒女情作婦更加供子職死難塞責莫輕生

題壁

獄中苦况歷多時法在朝廷罪自宜心悸易招聲伯夢才踈難集杜陵詩文文山獄中有集杜詩數十首身中清白人誰信世上功名鬼不知得句偶然題土壁一回讀罷一回悲

聞韓夫子因煥落職泣賦

整頓朝端志未灰門牆累及寸心摧科名到手同危事師弟傳衣作禍胎得附青雲能不朽翻合白眼漫相猜此身早晚知爲臨莫覆中庭哭過哀

寄葉臺山相國

征車慷慨出城闉贈策臨歧語獨真杯酒論心皆血性干戈滿目總風塵唯求孟氏能生我難保曾參不殺人無限憂虞期報國誰憐邊塞一孤臣

邵武署中閒坐

閒坐了無事安排去作詩最嫌吟未穩鸚鵡已先知

南樓

一片當頭月依然上此樓胡床今獨據惜不是中秋

博浪城

一椎如許大誤中亦由天此事同兒戲留侯尚少年

抄 抄

上蔡縣

富貴爲丞相臨危不必言若能甘逐客牽犬出東門

斷橋

綠草映裠腰垂楊千萬條畫船風淡宕吹過段家橋

隱山

招隱須眞隱雲深鶴影閒試尋僧衲問林下幾人還

獨秀山

玉笋瑤簪裏茲山獨出羣南天撐一柱其上有青雲

太白樓 在漢陽

鸚鵡洲前太白樓才名今古兩無儔羨他落落乾坤裏胸次都無一點愁

剡溪

雪夜飄然訪戴游到門興盡又回舟人生適意應如此雲去雲來任自由

荔支樓

佳果閩中倍擅奇登樓難免我相思誰言齒頰偏無福不是先時便後時

釣魚

鎮日垂竿理釣絲蘆花深處立多時偶然細雨斜風過逕徧簑衣却不知

約同人游拾翠洲

春風十里五羊城拾翠洲前綠草生君若來時須並馬一樽同去聽流鶯

江行

綠陰低覆釣魚磯緩步閒吟趁夕暉偶到水窮雲盡處一聲鶗鴂背人飛

夷門

驅車今入大梁城引我心中好士情忽見監門頭已白令
人錯認老侯嬴

三管英靈集卷八

福州梁章鉅輯

譚賚

賚字肖巖興業人萬歷間副榜官胙城訓導

吐華巖

頻年欲學赤松游仙客相逢杜若洲曾點舞雩原志尚葛洪勾漏更風流華如可探憑人遇石不能言是我儔此去桃源應咫尺白雲常爲洞門留

廖東升

東升字初晹陽朔人萬歷間貢生官揚州通判

龍頭山曹鄴之讀書處

唐室崇文文運開先賢曾此構書臺文章山斗垂青史巖石情懷寄碧苔甲第天荒從昔破詩家聲價至今推故園桃李紛紛盛都是蟾宮分種來

陽朔縣志云陽朔荒僻從來人文不耀相傳登第自曹鄴始故邑人詩有甲第天荒從昔破之句

退菴詩話云曹鄴有登第後寄友人詩云桂林雖產千株桂未解當天影日開我到月宮收得種爲君移向故園栽此詩結語蓋用其事

李承茂

抄

承茂字孝源容縣人　官至兵部尚書

登經略臺弔元次山

名世文章王佐才平蠻節鎮繡江開君生肅代猶英立我遘艱虞便自灰洞裏猗玕人未老山前錦石鳳空哀英雄成敗何曾定五丈秋風萬古猜

舟行望都嶠山

浪歌震起漁舟夢遠嶂亭亭展畫屏古洞雲緘天閉口層巒雨霽樹垂青鶯聲笑我今年老花氣撲人舊日馨久欲逃名名不滅空將石隱託山靈

唐世熊

世熊字曲水灌陽人天啟元年舉人官山東鹽運使後殉濟南難

浩然吟

常聞孟氏旨善養浩然氣要使剛大者直養塞天地此氣人人禀充餒胡殊致或爲逢迎屈或爲營求累或枉已狥人或趨利忘義遂令本體充不敵薰灼勢及其日消沮仰天徒嗟噫昂藏忝此生何不行我意名節與世緣高卑審位置長歌任舒卷存順安吾事俯仰上下寬浩然自蟠際

抄

朱紹昌

紹昌宣化人天啟元年舉人官臨湘知縣

游羅秀山

芙蓉秀疊半龕懸靈跡猶傳葛稚川偶見鹿眠疑藥圃因聞龍化探瑤泉碑橫宿莽凝烟碧徑積新楓帶露鮮卜築欲尋山下宅鼎邊妄意夙生緣

仙子何年跨彩鸞千春想像萬峰盤粉雲香散瓊臺杳丹竈煙消玉瀣寒信步樵柯忘日晚放懷樽酒餞秋殘風塵是處如蠻觸自倚紅霞一笑看

省志收　抄

陳　瑾

瑾字白岳宣化人天啟二年舉人官南康知縣在任七載遷同知事蹟見江西名宦志

青山廢寺覽古

石壁題名徧雲封古磴斜蜂銜爭嫩蕋鹿臥藉寒花水碓猶春雪松房半宿霞巖前僧定處占作野人家

拜宋經略本路安撫使石公鑑墓 宣化

訪罷遺蹤日未斜獨騎羸馬到山家前朝松覆先賢墓隔隴樵吹近戍笳鳥自呼名招過客人頻回首數歸鴉愚公

秘策平蠻事幾度聞雞試劍花

袁 杰

杰養利州人崇禎九年舉人官推官

奇泉亦名呼水在養利州城西三里石巖下兒童呼之即湧出尺餘一二刻間旋涸

山泉隨處有此獨號奇泉竟可隨呼出甯徒有本然飲人方汩汩歸壑復淵淵別有眞源在將無賚利川

趙天益

天益養利州人崇禎九年舉人

養山

謝啓昆廣西通志列傳名謝良琦
國初王丹麓晫今世說謝石臞判常州日持一卷書坐廳事有吏抱牘至輒揮之鄉先達

抄

一望嵯峨勢鬱盤青青秀出碧雲端養山十里渾無缺孕得精靈作大觀

利水

環城一帶欲朝宗歷盡千峰百澗通莫道秋來空貯月桃花春浪起蛟龍

謝艮琦

艮琦字仲韓又字石臞全州人崇禎十五年舉人官常州府通判有醉白堂集

壬午

嶠西詩鈔云先生與王漁洋善漁洋感舊集錄其詩蘭陵楊廷鑑序其集稱仲韓具雄偉拔出之才爲海

石□集與諸生論詩令以文
章爭勝見人自之爲傲吏
輒欣然有喜色　注詞名
良瑞字仲錦一號獻菴廣
西全州人壬午孝廉
脉白堂詩文集　允詞志藝文
上五第八頁

內詞壇領袖自名公巨卿騷人墨客得其片言隻韻
吟咏愛玩以爲希世之寶莆陽余颺序謂石臞兩爲
邑令皆有異績兩爲别駕皆以讒去其爲人也忠質
而澤於文渾厚而裁於義一時爲名流推許如此

擬古

夜寒江月白孤舟欲何之故人隔湘水道遠歸來遲我昔
一分手桃李春風時焉知二十載相見無前期君身雖萬
里故心當不移願因南飛鴻寄言長相思不能忘須臾安
能久别離

苦寒行

松栢自孤直不如桃與李東風相披拂芳菲散成綺而我

苦歲寒冰雪雜泥滓四顧何凋敝蒼茫幾千里方其拼豔時安能獨遺此高枝錯屈鐵白摧龍虎死幹長能力爭百轉靡還起勁節天所惜青青時自喜陽春二三月敷榮從此始洽然琴瑟聲寂寞空山裏

出門

窮冬草木腓孤舟長河側問君去安適黯黯氣沮塞紛吾迫世網剛直奉厥職凜凜懷中冰舉動見風力苞苴吾意疎疎庸固當勑明主剖晰恩待理赴南國念邦有憲典秉正賴司直欽冀君子心安肯事羅織我衷雖屏營我儀圖

不忒營營青蠅集智者詎當惡空濛三山煙渺渺望無極
颼飀天風寒夕陽淡紅色
理楫復乘流暮宿漳湖坂我友坂上來執手意何限酌酒
開新釀贈儀窮土產苦言遭艱虞舉世少青眼感子躊躕
心既醉還舉琖棲息固有常寒枝孰能揀
明發下水口河聲流白沙南國多奇樹經冬猶綠華修林
荔扶疎遠岍榕橫斜橘柚實纍垂乃在山人家萬物紛異
植菅蒯及絲麻我生信乾坤饑寒豈無涯達士亮高節斂
壬矜淨夸日暮倚短蓬感歎長咨嗟

咨嗟竟何及已在洪山橋振衣入城市旌薄心搖搖旋中
雜坐臥紛拏滋煩囂所願塞兩耳坐使聲閧銷鳳飛既蒙
殭安敢辭羈縶孤燈照獨夜雨細風蕭蕭邈余清白軀漸
雪逢聖朝春風被六合樂事終漁樵

秋懐

秋風振林木葉葉自凋殘響籟倏萬變榮枯非一觀明月
照空堂悄然牕戸閒獨起看疎影始知幽人閒立身誠已
早誰云吾道難不見松與柏蒼枝横雲端得失不在天寂
寥何足嘆

述懷

坎壈萬古身少小集憂患始歸自閩嶠屢空逢歲晏終年嬰疾病慈母勞永歎荏苒十二春荒忽竟强半遂失嚴父尊舊業任漫漶十四頗篤志圖籍恣探玩又恨不肯軀邂逅遭世亂自茲事湖海蹤跡永奔竄終愧南山隱浩歌自石爛平生霜雪志與世盡冰炭百爲無一成空驚時序換高懷寄吟嘯落筆天眞漫雖乏名山藏所性自習慣在昔觀聖賢聞道在多難

望遠

去時葉未黃今來葉已落行人久不歸相思倚江閣蘼蕪山下路楊柳樓頭約車輪日已遠恩情日以薄丈夫志四方豈云戀邱壑婦人事君子願言長娛樂別離方幾時影瘦不如昨何況京洛遙雙魚久寂寞萬里屬君心莫忘終倚托日暮還入房寒風動幃幙

贈陳文異　余署沙試童子文異拔第一文異宋了翁先生之苗裔也

蘭蕙空谷姿不隨眾芳歇沙陽山水區芳菲散林樾紛吾既云邁慷慨中懷熱夙昔好修心所向事探擷吾子金閨彥曉暢天機發旅進雖雜羣稜稜實人傑平生勤許與妄

敢尚區別高名衆所尊如子匪虛設龍劍必騰上雄觀動溟渤鸊鵜欣再試英華已三絶所貴珠玉光精爽山川越善刀審所藏十九無一缺誰云鮮忌才謙退甯自悅遇合況有時此理未可說丈夫青雲志萬里看掀揭譬彼猗蘭香終當美人折子如迅邁往鵬奮誰能掣仰視雲中龍電光互明滅顧余慚樗櫟敢曰效提挈庶幾與吾子典籍愼剖斷緬懷古人風山嶽勢突兀高才出名閥留意嗣往哲

贈侯吉人

烈士不易得姜君方英年詩書恣奇懷慷慨寄所宣雄文

走河嶽義氣揮雲煙長嘯凌九垓驅車歷三川紈袴不自矜所貴交豪賢清晨起候門當飢不及餐抱關執高節斯世誰能然崎嶇萬古情時哉無與言

故人瀟湘來

故人瀟湘來亭前海棠花正開遊人武陵去渺渺孤帆不知處憶昔清溪始對君芙蓉光冷日初曛吐心吐氣竟相許骨肉因依慰羈旅花殘鶯老不知愁棋枰酒盞空悠悠一朝辭榮臥秋草桃花寂寞西陵道嗟君此時猜恨生風雲變態知人情欲言未言相決絶猶冀相逢佯暖熱豈知

歌舞滿西湖故人不來江月孤徘徊不忍爲此曲山色青青水痕綠

春閨怨

去年送君秣陵關朔風滿天雲滿山今年憶君交河曲碧桃花開楊柳綠空有相思秋復春隴梅無便寄征人踈簾風細愁仍舊玉指箏寒曲度新一聲一聲腸斷絕繡被羅衾冷如鐵底事傷心哭杜鵑萬點千絲亂流血白紵新裁作舞衣薔薇花下望郎歸樽前風雨臙脂落塞上烽烟音信稀漠漠平沙落日黃可憐春不度遼陽秋蟬鳴樹黃鸝

老始憶江南春草芳芳草萋萋君未知此時妾意獨相思
爲君翻作春閨怨譜入關山笛裏吹

秋閨怨

秋色遠近秋閨裏青銅朝光冷如水紅銷脂謝不成妝憶
君離憂從此始野店山橋黃葉紛北風滿天吹白雲此夜
君身在遼海此時妾夢渡河汾遼海河汾相隔絕妾夢君
身兩離別徘徊尋夢夢不成月黑風寒紙窗裂君今飄泊
在邊州秋草黃生九月愁應念閨中生白髮不教塞外醉
青樓疑是青樓別有情相傳塞外已休兵菊花滿園人不

至蕭蕭雁落寒江聲

短歌行

杜鵑叫月月如霜春風滿地桃花香青帝驂虬不知處芳洲之路空蒼茫且醉花前一樽酒寂寞空名何所有君看馬上少年郎長安歸來成白首

江行

大江日東流浩淼不可測行子欲歸不能歸千帆萬帆候風色此時春和二月中東風日夜吹不息揚帆直上淩滄波千里雲山直頃刻舟人居止長江邊來往長江盡相識

欲問湖南近米價傾耳聽之不可得晚來風雨更怒號日
晶黯淡雲影黑斷腸在江南相思在江北回頭已失匡廬
山秣陵鶯花望無極

長相思二首

長相思在江北悲風蕭蕭白日匿晚煙如雲障山色雪花
滿天衾枕寒欲眠不眠淚沾臆思君道遠無終極渴不卽
飲飢不食青鸞赤鯉無消息車輪日日楓木青夢魂夜夜
關塞黑長相思無羽翼
長風滿天雪作花停驂夜宿山人家西樓少婦當窗立淒

凄切切吹胡笳星河垂地孤月斜願隨長風到天涯憶君紅淚堆銀紗恩愛既不虧道路復不賒歸來貧亦好何用白馬黃金車

明鏡歌呈張玉甲督學

楊州青銅冷如水鑄得明鏡深閨裏不照芙蓉鬪曉紅不照胭脂凝夜紫芙蓉胭脂易銷歇但照朱顏生白髮吳歛越袂方自憐舞榭歌樓已無月世人重色輕恩愛坐看盛衰成向背妾容那得長如花莫怪君心不能耐不怨君心怨明鏡迴黃轉綠俱無定記得當初初嫁時一泓秋水明

妝靚

贈歌者

江南二月鶯聲好金鞍翠袖垂楊道江南四月芳草萋落花無語鶯亂啼此時羅幃夢初破攜酒攜琴堂上坐調絲弄竹不成腔斜風疎雨吹銀釭雙髻翩翩誰家子初日芙蓉照秋水當筵唱出鳳凰聲迴波掩袂如有情不唱青陵與黃鵠但唱纏綿意中曲未疑長笛驚破秋始信繁絃不如肉清歌妙舞顏如花苧蘿何必付西家玳瑁盃中傾白墮胭脂山下醉紅霞建安才子風流客見此躊躇動魂魄

吳綾越錦雙纏頭花開花謝爲君酬感君不辭再三唱張酒挑燈更相向人生哀樂何其多愛君鶯聲爲作歌年年共聽鶯聲好可憐作歌人易老

白紵歌

吳王宮中春欲歸啣花紫燕雙雙飛白紵輕盈宜乍熳笑持刀尺剪春衣洞房一夜秋風起星河垂地天如水芙蓉褥冷玉肌寒棄置羅裳從此始此時越王抱冰自去孤危無所能夜夜無眠試薪膽年年遣使輸金繒一朝鐵騎驅風雨姑蘇臺上無歌舞歌停舞歇西施還白紵笥中猶

未穿

秋夜鄉思

瀟湘今夜月應共此清輝秋色看桐瘦鄉思入鱠肥芙蓉
江路遠風雨故人稀定有還山夢勞生未息機

江雨

春江過微雨夜半覺潮生漲闊遠無岸灘高近有聲客心
懸萬里鄉夢渡三更暫覺微風起蕭蕭孤鴈鳴

錢塘春泛

辛苦錢塘水扁舟今又過捲簾殘雪在返照夕陽多歸夢

勞烟雨春愁倚嘯歌不知湘渚上芳草意如何

江行雜詠二首

碧天雲影靜寂寞一帆歸岈上野花落時能點客衣江流
千古在世事十年非辛苦衡陽鴈新來又北飛
纔過荻港驛又見紫沙洲春水弄碧色嶺雲添暮愁生涯
惟白髮飄泊此孤舟芳草年年綠王孫怨未休

渉江

秋氣正蕭瑟孤帆臨渺茫風悲江水黑日瘦野烟黃樹樹
依天遠山山送客忙酬恩緣未了不敢戒垂堂

道中

别酒飲昨日至今如未醒髮從立馬白眼爲看山青殘月新茅店斜陽古驛亭莫將羌笛怨吹向客中聽

渡黃河晚宿大集村

立馬黃河岸東風動客衣片帆隨返照千樹散餘暉酒醒燭花落愁多鄉夢違大村原上路春草正芳菲

旅夜有懷湖上心函上人

相思無處所殘月在屋梁自起看松影憶君眠竹房秋聲殷靜夜客夢冷空床記得西窗約當時玉漏長

陽羨署中

一宿高樓月高樓第幾重寒燈深夜雪孤枕隔山鐘餘興銷殘臘新愁寄短筇數竿窗外竹疎影自溶溶

九月十五夜坐月

泠泠孤城月開雲相向明酒杯浮菊蘂客意動江聲小院芙蓉溼空牀蟋蟀鳴衣裳豈不薄秋露有餘清

游溪源菴

四面嵐光入人如坐畫屏流雲過水白空翠撲簾青策杖尋茅屋吟詩寄草亭斯游信奇絶斟酌問山靈

過柴桑懷陶靖節先生

東風吹五柳蕩漾九江春悵望無知己長歌懷古人世情羞乞食吾道貴安貧想見東籬菊幽香共一身

寄鄧子材

憶昔分手處北風吹正寒相逢皆齟齬吾道總艱難對酒看龍劍防身戴鶡冠河梁當日淚衣袖幾曾乾

錢塘夜泛

羣山萬折走東吳一水千迴接海隅遠浦月明潮半落片帆風正影全孤近郊燈火連城郭夾岸松煙接畫圖自是

客心容易感酒酣歸夢入蘼蕪

山居苦雨

迷離雲樹暗江村曉漲新添綠一痕丹竈烟消茶未熟碧天雨過月初昏夢中歸路無關塞亂後秋心雜鴈猿窗外蕭蕭吟敗葉一樽寂寞與誰論

江畔閑步遂至南觀音院

渡頭落日半啣山十里煙霞任往還彌望幾多黃葉下隔林一片白雲閑小橋當澗灣初折絕巘捫蘿勢可攀何處松風飄梵籟碧幢清隱靜禪關

贈姚彥徵

亂後相逢又十年故人雙鬢各蕭然驚心世事皆棋局屈指江湖幾釣船皂帽只今吟澤畔黃鑪昨夜斷山前應知懷抱都如此莫話滄桑但醉眠

歸棹

不禁狂喜卷詩書一棹瀟湘問故居白髮自憐歸計晚青山應笑世情疎十年嶺表春囘日二月湖南草綠初問訊林深深更好幽蘭當徑莫教鋤

陽羨署中漫興二首

夜半雷聲萬壑哀浮雲西北有高臺傷心一日重回首多病三巡再舉杯好鳥數從幽谷出野花猶傍短牆開舊時燕子知人意簾捲簾垂幾度來

酒闌指點鷫鸘裘人臥鴛鴦第幾樓楊柳歌殘吳苑月蘅蕪香冷漢宮秋青雲書寄三年字白髮春生一夕愁多少斷腸聽不得孤城畫角更悠悠

贈陸德徵同年兼詢粵東近事

桂子香飄二十年亂離何事不潸然青雲漫滅當時字蓬鬢凄涼隔世緣嶺北梅吟花下月江南蓮唱夜歸船羊城

宮觀今何許細柳千門鎖暮煙

節度趙公以勞卒於位罷邑皆爲作佛事余同寅中有辱深知者同坐齋堂偶爲賦之

萬竈悲歌薤露繁西征車馬已東轅酧恩實愧千年藥佞佛空揚七寶旛止蕢姓名通記室何時靈爽式高原空令漬酒南州客天地秋風滿淚痕

寄懷李研齋二首

買山消息近何如孤劍空餘萬卷書幾日飢寒吾道在世年踪跡世情疎芙蓉城上清霜落楊柳津頭好夢初百遍

相邀延瀨月相思空對夜窗虛

去年尚有江梅至何事今無驛使來江上故人雙淚落籬邊新菊幾花開書因達道初緘字酒爲浮雲再舉杯見說蓬根又零悴榕城霜雪正徘徊

感懷

計拙空悲吾道非浮生鎮日履危機煙塵馬首遥相逐風雪天涯何處歸久病燈花添笑語空床月影弄霏微凄涼吟咏愁今夕薜荔春寒未製衣

旅中

西川落日正啣杯驛吏聲聲馬上催茅屋一燈聽夜雪板橋二月見春梅黃沙河北愁中老芳草江南夢裏回彈劍幾回思往事青銅白髮不勝哀

蕪城

廣陵春老木蘭舟樹樹鶯啼動客愁雙屐踏青城北路單衫攜酒竹西遊江聲夢覺聞簫處燈影人歸待月樓芳草不移顏色改十年花下幾淹留

寄家信

萬里孤帆江上春故園西望獨傷神從知迢遞書難達爲

說飄零事總眞老我天涯顏色改全子兒女淚痕新秋風
鴈影知多少斟酌寒衣寄遠人

楓木晚泊

岓頭楓老惜飄零煙冷吳江十里亭坐久雲封千嶂白夜
深霜落一燈青秋聲入枕愁先覺寒氣窺人酒易醒莫到
洞庭歌木葉恐悲瑤瑟怨湘靈

贈林茂之

名山風雨樂千春白髮青氈不變身此道底幾存大雅吾
生旦暮遇先民芙蓉憔悴秋衣薄藜藿凄涼旅食貧詩卷

釣竿誰得似江蘺莫漫哭騷人

旅懷

芳草年年怨不歸薜蘿空長舊時衣千金買駿心猶在一劍酬恩事又非落日尋梅驛路遠夜燈聽雨故人稀家山回首春將老花謝花開滿釣磯

泛舟

笑倚珊瑚問釣竿桃花溪水路漫漫三江月色浮天遠五夜潮聲入夢寒好處劇吟詩律細愁來暫酌酒杯寬漁村短笛堪回聽腸斷歌中行路難

江行雜體

潯陽江頭春雨紛潯陽樓上酒初醺漁舟欸乃杳然去水遠山長多白雲

鄴中

銅雀荒臺漳水湄東風落日草離離玉龍金鳳無消息不似仙人辭漢時

黃家珍

家珍字　武緣人明崇禎間舉人官撫州同知

玉印山

一卷堆碧玉象篆勝雕成蹲岨疑爲獸垂磯轉類鯨林疎山有色泉滿水無聲眺望餘狂興謌琴鼓再行

盧佐音

佐音字宗秀上林人崇禎間歲貢生官訓導

遊老君洞

柱史今何在巖邊水自流風軒來紫氣莫認必騎牛

劉士登

士登字　武緣人明崇禎間諸生

游靈水

靈水上池通澄清見化工游魚看出沒怪石映玲瓏勝日攜詩友晴江下釣筒輕舠浮水面恍在太虛中

黃家珪

家珪字秋碧武緣人明末諸生

暮春西江上

年年春草鬬芳菲三月殘紅歷亂飛好鳥弄晴喧野樹夕陽掛網曝村扉扁舟簫鼓嬉春晚古殿燈光遊客歸地僻韶光應不異惠風依舊到漁磯

三管英靈集卷九

福州梁章鉅輯

國朝

唐納牖

納牖字白生又字省菴灌陽人順治十四年舉人官虞城知縣有受堂集

放歌

空翠明遠岑斜陽澹孤渚山川泱漭間輕舟自容與秋色浮空來涼飔滿衣袖微醉已忘言放歌失其序暫得古人

心不知在羇旅

佛山五日

主人能醉客樽酒水雲鄉稻蟹雙螯美蒲根九節香看花明老眼聽雨得新涼回首書堂遠含情漫舉觴

虎邱塔春望

寶相層開近碧天晴光遙接太湖烟千帆樓櫓依城堞十里松楸護墓田勝蹟當時聞伏虎香魂何處聽啼鵑可中亭畔笙歌月銷盡豪華不計年

唐之栢

之栢字松交又字長卿灌陽人納牖從子同榜舉人
由漢陽知縣歷官至刑部山西司郎中祀名宦鄉賢
有思誠軒草

禹稷廟

四載隨刊日烝民粒食先亮工惟六府尸祝各千年門對
晴川閣祠當大別巔我來瞻謁處饑溺亦怦然

高熊徵

熊徵字渭南岑溪人順治十七年副榜官兩浙鹽運
使祀鄉賢有郢雪齋前後集

一統志云康熙時吳逆搆亂徵爲平滇三策並討賊檄大將軍傅宏烈奇其才薦授團練同知尋補桂林教授擢知井陘縣巡撫彭鵬至廉知其守城破賊功特疏薦之

韓泉頌

文公書舍負山面溪水聲潺潺取汲惟遲匪伊遲之山陡而峻路絕而崎溪雖在前至水已疲有溪難得猶之無溪以茲慨歎胡然圖之書舍之左細流似璉荆榛薉穢莫得其所予曰闢之衆皆云可蔦蘿惡木蟻穴蜾蠃刈之修之拔之抽之既潔瀲之又滌流之薉穢既盡逝者如斯微公之錫何以獲茲清泉冽兮北流括兮嗟前之人胡弗得兮

當其未治鬱然荒兮今惟治之抑若芳兮濯兮湘兮以秋嘗兮或烹或煮莫不臧兮頌以祀之俾無忘兮

初度日答唐參戎羽雲步韻

萬劫空存一苦身天涯幸與德爲鄰愁生白髮悲吾道變盡黃金識世人守拙自憐空老大知音何意惠陽春他時更作香山會準擬開筵集衆賓

龐穎

穎陸川人順治十七年舉人官嘉魚知縣

河南道中早行

抄

乍轉殘更夢驅車出店屛蹤星隨去馬冷露逼征衣阡陌行蹤混風塵物色稀勞勞京洛道豈爲覓輕肥

黃元泰

元泰武緣人順治十七年舉人

遊黃道仙巖 武緣

洞口尋仙跡蕭條隔世情岑高進日影巖邃隱松聲石徑烟初散丹爐霧自生羨君遺俗志長嘯入蓬瀛

張鴻翮

鴻翮字朔菴上林人康熙五年舉人官永寧州學正

抄

中秋客感

滿眼客天秋懷人獨倚樓可憐一片月分照幾家愁短髮催佳節長歌憶故邱夜來絃管急處處醉金甌

永寧除夕步莫明經可甲韻

歲盡多閒早閉門小窗寥落與誰論莫嫌氷署今宵冷自笑寒氈何日温雪色漸侵殘鬢影天心又逗早梅痕遙思骨肉辛盤會爆竹聲中共一尊

山齋

茅齋高踞白雲巔坐石談經對遠天紙上功名同覆瓿山

閒風月不須錢一庭好鳥供閒詠半枕殘書足懶眠門外
由他苔蘚厚且開窗隙放爐烟

客窗即事

入山結社喜無官筆墨生涯且自寬千里松楸家遠近十
年苜蓿味辛酸雲連樹杪圍天窄泉落峰頭激日寒贏得
讀書是清福底須搔首望長安

除夕書曲陸店壁二首

崎嶇歷盡見平原又過荒城叩小邨旅店不知迎歲事漫
沽濁酒當椒尊

獨擁征衾睡意遲長宵何限繫人思家園歲有辛盤醉正
是圍爐憶遠時

廖必强

必强字千能又字荷莊全州人康熙九年進士有汗
漫集

君子閣遇大員上人

溪山於此證前緣彈指經過二十年石上有棋難讓道鑪
頭無酒且參禪如今甚悔文章賤到老方矜骨力堅同是
仙靈權被謫莫將衣鉢乞人憐

抄

張友朱

友朱字麓旺上林人康熙二十年副榜官慶遠府教授

慶遠郡齋言別

世事寡所諧偶然事禄役所職在庠序幸無簿書責惠彼子衿儔相與永朝夕凉德忝衆師羣欣不我斁儵然逾十載鬢髮感霜積豈不思永好愧無縮地力多謝知心人養疴反舊籍

咏庄後小蓬萊亭

郵邊亭子對山開峻石奇峰拂面來江上烟霞供捲幔林間風雨入銜杯幽泉滴瀝當階響綠樹蘢葱倚岍栽一望囂塵全脫盡悠然心跡在蓬萊

謝賜履

賜履字建侯又字勿亭全州人康熙二十年舉人官至山東巡撫有悅山堂詩集

詠史二首

吾羨班仲升高視藐八區一朝投筆起立功在邊隅吾羨終子雲攘臂棄傳繻建節東出關少小馳芳譽志士快飛

騰安能守蓬廬一經苦不售有若涸轍魚魏舒何人斯折節乃爲儒楊雄不解事臨老猶著書末世儒術賤何以耀亨衢自來聖賢輩坎壈纏其軀

陶令恥束帶歸來寧乞食雖爲飢所驅卽事良自得飲酒還賦詩情眞語無飾循迹類玩世不恭非其實君看馬上郎繡服黃金勒白日亦云驕乞憐在昏黑侯門如枯株折腰無忤色鼎烹非不飫詎解達人惑卓哉栗里翁難以恒情測千載仰高山操行何軒特

渡海

艤舟珠海濱候風驗旗脚曉起覗星漢殘月猶未落潮信旣可乘風色殊不惡長年方捩柁驚噪飛檣鵲日出金柱涌萬頃光閃爍孤帆迴無依天際蕩寥廓驚濤忽雷翻身世浮一簰常恐倚蓋傾復慮坤輿弱海天渺無際一點纔隱約窅冥烟霧中稍稍辨城郭迴顧夕陽斜急覓港汊泊

西溪道中雜詩

曉行二十里來自高磧口所見悉如昨羣山但紛糾仄路臨山溪水色正深黝俯瞰危灘遙仰攀絕壁陡平步出偶然嶮巇常八九前山忽然開稍稍見疇畝山凹兩三家破

屋無雞狗野寺閉寥寂饑烏守枯柳主人知我來脫粟已
在臼具食苦言貧無能具肴酒多謝主人惠循崕勉復走
行路長如斯安得不白首
昔聞柟木箐終古號險惡及茲身閱歷始信耳聞確出入
三十里陰晴渾不覺仄循石磴迴巉巖復對削縣亘插虛
無壁立如城郭崕懸樹半出危石如欲落綠葉無冬春白
晝吟猿玃爭路豺貘過嘯樹鵂鶹作懸氷接平地遇物相
經絡馬蹄蹴不受擊觸聲硌硌僕御苦饑劬糗糧孰解橐
山果丹如砂隨手作大嚼相顧趁前途斜光透山角

佳節感羈旅遣愁愁更真黔南千里外何況湘水濱燈火去年夕老妻尚爲人兄弟雖在遠暫覺妻孥親因循悼亡後荏苒復經春平生偕隱志羈束無由伸一官備驅遣不敢辭苦辛遠涉非人境溪峒窮嶙峋牒訴况敗意何知節序新村酒强斟酌清淚盈衣巾

道中雜體二首

平茶介諸溪地僻境亦阻千山盡向黔一水纔通楚相習耳目陋舊製衣冠古椎樸繩可結邈然念三五帥之非其人橫暴恣求取民貧官吏酷强者遂跋扈法所不能加贅

疣視官府豈徒罪在民轉移視所主安在風鄙彝不可爲鄒魯

過來千萬峰至今在胸臆饑眼難得飽急喘猶未息案牘不辭勞草草公事畢屈指尋當還先已愁腳鄰憶初來黔南我年已四十未知身强弱鬚與髮正黑回頭復幾何舉動見衰邑古人重折腰況有性命感垂堂衆所戒何復戀雞肋山荒風雨號閉門萬感集

賑饑三十韻

昨年秋苦雨盆翻漲亦陡無論尺寸苗漱刷秃高柳平州

數百里傷澇十八九高田雖劣收于中倘一偶本無斗升
儲得免溝中否草根豈粮糧長鑱向林藪災禍信由天窮
餓非自取幸有上官仁恩加撫綏厚檄下檢災黎逐村注
某某硃墨苦狼籍點勘賑右手自從仲冬來今已三月後
所至踵相屬扶攜遠童叟蒙袂或垂頭捉襟或露肘病者
或捧心悲者或疾首或嫗提其孩或女掖其母或則手壺
瓢或則肩筐籔奔走盈腹枵塵土增面垢菜色而柴立對
之心酸久始患水齊簷今苦旱在留太歲雖在甲空聞乞
糴酒何以均倉糈鎖屑較丁口手自酌增損歷辰常過酉

童稚八五升壯者卒一斗殘廢及疲癃倍給救衰朽間亦乞與錢老弱省戴負月凡一爲周不令背鄉走稍聞事錢鑄從新理杵臼匪曰瘡痏平田廬庶相守願汝鳩鵠輩相率向南畝黽勉待秋成吹豳歌大有

望海

行行瀕海濰但見水天碧去至六七里動地風濤擊排空蕩無垠惟恐坤輿溺灤口河外來千里一綫窄奈何去年秋橫挾新漲激衝波連陸翻化作蛟龍宅遠想開闢初此水何年積孰爲主張是終古作潮汐澇不爲節縮旱不爲

潤澤徒爲四瀆尊藏納無别擇所以精衛女甘心啣木石

宿灤州豐裕社有述

出城五十里欲行已昏墨所不憚馳驅本爲民乏食民食旣已乏我食安可得廚人果滌釜欲爨無糧粒嗟嗟社中民妄免饑劬色我生初崎嶇苦辛嘗慣習焉知二十載艱難有茲役程書坐夜深燈光晃四壁茫生稱鄰接逡巡懷刺入須臾壺觴具雞黍副急迫一飽謝主人弦月已西仄明日何可知作詩記今夕

採香歌

瓊南春半風雨稀瓊南香崽採香歸崖人呼採香人曰香崽包以葵葉來墟市指點區別分幾微沈速品類甚多本一樹精液融結所成由年歲淺深故質有純雜輕重不同就中片片號沈水鏗然金石堅相似良工摩挲生漆光質古香清無此比憶初荷斧入山林插天黎母碧嶔崟麞鹿熊豕不敢上怪禽髯玃長咿吟相傳鬼物有呵護劄雞磔豕祠山神裹糧浹旬輕萬仞斬伐鉤剔忘苦辛輕生冒利何爲爾從來歲供須百斤

盛朝貢篚遍海內歲一輸香豈敢愛官今索價不索香謂非官買不中解開年便急來年供如雨官符不少懈五月

新穀二月絲絲穀賣盡畊桑廢歲額百斤豈云多苦輸價值常數倍民不病香實病價非關尤物爲民痗卽今府主號龔黃何不令民自解香

藤杖

白鶴老僧頗好奇寄我藤杖何陸離質幹非榆復非栢鏗然金石光琉璃憶初孤生擯絕壑何心媒炫期人知推排歲月錯老節糾結苔蘚撑霜皮匠石過之不肯顧等於臃腫無所施奇材理豈終淪棄嶧桐嶰竹各有宜一朝落在高人手重之不減瓊瑤枝或言此物宜扶老君今未老焉

用之古人所尚在翼德奚但取便扶衰危圖麟刻烏渾閒事懿此天作非人爲謬說擲空通桂殿荒談縮地投葛陂惟有貞直理可據於鄉於國恒由茲豈無山林休倦骨亦有槐棘隨龐耆譬如天地要輔相不有賢聖其何資祇今擔簦涉蜀道安可無此相扶持老僧寄我意有在援筆感嘆爲此詩

採根謠

十月家家晝掩門荷鋤入山採蕨根歸來不敢擇白杵敲磕夜靜聞荒村漬以清溪盛以斗臨流淘灑溪水渾風霜

酸楚何爲爾塗體沾足豈得已年來歲惡民苦饑室家相保賴有此草根麄澁甘如薺有口何曾見粒米去年採根根蘗長今年採根根復香雲山日斸腴滿筐只愁無米完秋糧

殘梅

道旁孤梅雜荆杞蹂枝作花照溪水玉堂瓊樹不相謀可惜飄零萬山裏雪中片片隨風起花落春深還結子雖然調羹不到爾道上不復憂渴死一般開落總無言成蹊偏不如桃李

牧童謠二首

早起驅牛出薄暮騎牛歸斜日野風吹短笛乍晴山色滿簑衣何處岡頭青草好羣趨飽嚙莫相違吾將飯汝令汝肥念汝春來方找犂侵晨穿鼻繫柴扉田間無草常苦饑叱策不前筋力微努力莫使主人怒怒心一起即殺機

日出放牛出牛屋村原門巷羣相觸牧童一一爲屬目不見老牛䑛黃犢道旁屠者賣牛肉衆牛見之皆觳觫老眥旱土牛勞礫草根饑嚙身局縮爲君歲致穀百斛主人於此何不足無辜忽就剸割酷嗚呼安得推此牧童心盡置

天下廬丁腹

觀太虛子畫虎

高齋日暖春鮮妍主人上堦不敢前山木飄蕭風草偃中有猛虎嘷碧烟驚定凝神還諦視始訝高人工寫意欲起不起屹如山迴身昂首撐平地朱梁道士厲歸真貌虎癡欲貌虎神搆棚喬木觀意態歸來縱筆稱絕倫太虛老人七十七筆帚老硬更奇鬬猛氣雄心畧點染奔走百獸爭孳易窮邊荒塞不堪言康莊白日豺貇喧何當借汝縱一搏無使饞吻滋民寃

晴川閣

卽景意何限森然遙望中晴添高閣迥天拆大江雄秋色連郵樹鄉心逐塞鴻明朝挂帆席好借楚王風

暮秋

深坐捲簾旌山川落日横寒光沈野氣殘葉亂秋聲菊泛香醪小荷栽初服輕幸無塵濁累一往得孤清

病起

意外重看鏡秋風刷鬢疏閒愁邀酒破餘病遣詩除望嶽頻移棹離家懶寄書殘生舟楫在翻覺旅情舒

黔南

荒忽浮生夢黔南又一年人家數里外官舍萬山邊廢土蓬蒿滿空村耒耜懸所慚踈補救愁絕雨暘愆

己丑元日

復此權新節椒觴隨俗為不知人漸老只覺歲頻移山郭晴煙遠庭枝淑氣吹故園今日意兄弟正追隨

二月十日遣子庭瑤歸里

已作休官計蹉跎歷歲時可憐湘渚上孤負水雲期汝去家仍遠人回信莫遲弟兄多久別安否報吾知

過巴東縣

滿耳猿聲在覓心鳥道過幸能離險阻更莫玩風波灘急水猶怒山開天始多回頭望峽口雲雨帶嵯峨

登岳陽樓

放眼遙空百尺樓魚龍鼓浪動高秋波通九派風濤闊天入重湖日月浮畦茶盡堪輸賦稅田糧編不到汀洲范公文字眞千古出處誰先天下憂

九日風雨

斜風細雨送重陽檢點新詩秋興長繞屋幾多風葉下背

人無數菊花黃閉門皂帽吹仍穩送酒白衣逕不妨落寞
寒林憐病客愁邊肯負紫萸觴

星沙歸舟漫興四首

短篷烟雨溯湘江愁緒蒼茫未肯降販醉暫時謀下若懷
人昨夜話西窗千山殘葉隨孤棹三楚秋風載一艘晚泊
聞鐘知野寺隔林佛火辨雲幢

獨醒亭邊强啜醨西風桂檝帶霜移江山詞賦誰千古人
物淒涼此一時見鵩至今傷賈傅拂龜當日諷湘纍惟應
片石仍堪語岣嶁峰頭讀禹碑

風波閲盡任紛紜長計歸來合看雲斜日片帆愁際落連江踈雨夢中分力有道義方能勇閒註蟲魚未是文年少幾時驚老大半生迴首嘆無聞

江行博得健揮毫無數愁聲寄短騷風笛乍聞漁艇渡夕林遥見戍樓高饒他青白猶雙眼如此頭顱已二毛最愛移舟剛月上寒光千里碎銀濤

八月初二日晩泊彝陵

扁舟無恙夢中身艤棹依然楚水濱千劫過來重說命一家相慶始爲人山開水面帆檣遠烟浮沙頭魚鳥親六載

聽猿腸斷淚那能回首不沾巾

多病思歸爲日已久陳齊韓以詩相留次韻抒懷

擬歸茅屋老溪山松際柴門只閉關衰至尙嫌貧骨傲官忙不放病身閑尋盟鷗鷺應相憶舊隱烟蘿許重扳却愧廿年虛忝竊更無毫髮補民艱

烏鴉巖

插天飛閣桄蒼茫偶趁閒情過上方石瘦烟寒塵不到林虛山靜日初長半樓竹影連朝爽一徑蘿陰接晚涼樽酒莫嫌歸興懶吟鞍清思耐斜陽

XD2379
5

三管英靈集卷十

福州梁章鉅輯

戴朱紘

朱紘馬平人康熙三年進士

田氏紫荊臺

友愛尋常事。三田何獨傳。乃知當世薄。應重古人賢。高節瞻廷(庭)樹。餘風寄晛蟬。驅車臺下過。歎息爲流連。

登第後感痛

憶到前蹤不忍言。歲寒霜雪幾更番。自驚患難留青眼。誰

信錮羌達　至尊風木感懷魂慘淡鶺鴒慰意語溫存名
存隨分安閒散愧乏涓埃報　國恩

李廷柱

廷柱字石卿北流人由湖北人籍康熙初官北流千
總

退菴詩話云北流縣志載廷柱曾立軍功於福建後
家北流有平土寇賴天錫功雖武弁好讀書每登臨
吟詠不輟著有臨流三
集叩角吟燕趙餘言

歇馬嶺懷古　北流

峻嶺何崔巍天門屹相向時平絕萑苻山川亦禮讓傳聞

馬伏波。南征肅兵仗。此地偶停驂。連營卓玉帳。想昔揮鞭時。酣戰貔貅壯。軍聲山動搖。殺氣林震盪。銅鼓鳴淵淵。飛騎龍走壙。銅柱奠南交。功成萬古仰。遺跡已荒蕪。松陰罨石上。至今岫出雲。猶疑旌旆漾。飛鳥不敢鳴。霜威冷青嶂。憶昔烈士懷。馬革甘淪喪。據鞍顧盼雄。如見矍鑠狀。薏苡變明珠。忽來胥小謗。拚爲少游哀。英氣誰與抗。不朽豈形骸。進取洵非妄。駑駘戀棧豆。秣飼負恩養。爭如千里駒。伏櫪志難量。

古銅州

唐代稱雄鎮西南控百蠻。地連仙洞府。天遠鬼門關。故市餘荒草。空城繞碧灣。殷勤尋舊蹟。落日滿前山。

憶馬

伏櫪忽相憶。茫然百感生。孫陽曾一顧。驤首幾長鳴。空負千金骨。常懷萬里程。章臺芳草徑。無限十年情。

寓法輪寺

巳識身如寄。還應了此生。牢騷髩絲重。飄泊劍函輕。月落花無影。風來竹有聲。欲尋歡喜地。擬聽曉春鶯。

夜泊

夕陽西下月華生。隔岸人呼住晚行。欲向漁家乞燈火。且依月色聽濤聲。山雲幻作陰晴態。古塞傳來雞犬鳴。涼夜綠楊孤棹穩。扣舷歌罷楚江情。

曉渡劍州

聽罷龍津一夜湍。驚濤猶作夢中看。漁人把釣沿蘆畔、牧子荷鋤涉水灣、殘月孤城聞畫角。朝雲雨岸失青山。客行屢渡風波惡。又報蘭橈過劍灘。

偕包子卿游鼓山

茫茫四野碧雲低。霧鎖層巒阻馬蹄。萬派松濤風雨急。一灣月邑水天齊。新苔已失前人句。舊跡還從我輩躋。未許江山窮兩眼。爲君同醉夕陽西。

重過南雄

記別淩江已五年。曾從村落酒家眠。扁舟又纜橋邊柳。獨對斜陽坐暮烟。

王之驥

之驥灌陽人康熙初貢生

三峰烟雨歌

縹緲三峰拔地起。蜿蜒磅礴幾千里。南聯五嶺北衡廬。巨靈畫疆莫厥址。簇簇芙蓉侵九霄。日輪月馭纏山腰。鍾靈毓秀知何限。竹箭丹砂與鳳毛。我家開戶當山面。青眼相看兩不倦。秋月春花互勸酬。襲人爽籟洽然善。無端密雨雜烟來。巒壑濛濛散埃灰。失卻三峰真面目。軒窗秀色幾時開。烟深虎豹嘷其族。雨集龍蛇競起陸。匝地陰霾草木腥。題詩誰向峰頭竹。安得山靈謁九天。肅將帝命揚羲轍。飛廉建旆相後先。馳驟須臾徧八埏。驅出千山雨共烟。三峰豁然流翠萬古姸。

唐尙詩

臨桂志收

抄

倘許興業人康熙間恩貢生

登葵山絕頂　貴縣見省志

直上葵峰最上頭、眼光始見大神州、天環北闕祥雲合、地盡南蠻瘴氣收、遠樹千重如列幛、孤帆一葉豈虛舟、此身自滯方隅內、且御長風作壯遊、

潘毓梧

毓梧臨桂人康熙二十一年舉人官義烏知縣

登駿鹿山

地闊天虛萬仞山、無邊風景迴塵寰、層岡屈曲烟雲裏、一

刹崔巍霄漢間。鳥性如隨禪性寂。鐘聲常共水聲潺。偶來攬勝兼懷古。想見當年跨鹿還。

闞正運

正運字鏞菴蒼梧人康熙二十三年舉人

贈別昭文

澗外羣花發。幽巖理素琴。憑君一彈意。豁我百年心。氷雪留天地。江山自古今。如何歸棹急。難與共登臨。

王維泰

維泰字澥江灌陽人康熙二十三年舉人官太平府

教授

題畫四首

三山烟雨

三峰矗雲端羣巒讓清峭烟雨蒙其巔盛德不自耀氣象愈沖穆淵然涵衆妙孕育贊元化靈籟鳴古調舉世想丰儀閉關烱內照空濛隱現間仰止發長嘯

靈巖秋月

茲巖何以靈元竅含素魄萬古盈不虧清輝自朝夕誰鑿混沌精斧斤渾無跡洞中別有天靜理耐冥索我來值高

秋水天同一碧空光悅精神四壁生虛白清風穆然來如入廣寒宅皎皎月窗中天根會可闚

石匱山名歸樵

絕壁俯澄潭殘霞明遠樹習習谷風生隔水樵歌度清晨下山腰石髓滑芒屨相逢不識名渾身帶烟霧倚擔憩崖側談笑饒野趣負薪豈不苦生涯託平素

栢亭別意

共歎王維畫裏詩栢亭寫景倍凄其神君立馬啣杯處父老攀轅墮淚時芳草斜陽新有恨稻花疎雨舊無私與情

戀德今猶古布政須留此日思

從望月嶺過沙坪

溼雲片片落平沙憔悴西風幾歲華短髮漸隨秋病減寒衣近爲曉霜加題箋有句思渾瘦買醉無錢興更奢門外白衣人不少却無一箇到貧家

覃思孔

思孔字紹泗一字不齋容縣人康熙二十三年舉人官廣東知縣有不齋詩集

舟泊洞庭

萬里急歸旋。孤舟繫洞庭。徘徊違天際。坐看月華生。

張星煥

星煥字光夏又字著垣賓州人康熙二十六年舉人

官德安知縣

白鶴觀

踏破蒼苔古徑幽。雲簾風捲見丹邱。松間丹頂盤仙鶴。巖際黃冠叱石牛。龍護淵泉晴欲雨。鹿回洞府夏成秋。來游只合蓬瀛客。吸露餐霞迴絕儔。

劉宏基

岑基永寧人康熙二十九年舉人官晉江知縣

拜張別山先生墓

破碎河山已莫支。英風猶自壯登陴。國亡一死終成志。命絕於今尚有詩。骨葬天涯依宿莽。魂招夜月肅靈旗。生平不盡離騷淚。灑向荒園拜墓時。

丸泥尚欲固巖關。就義從容鼎鑊間。臂斷不辭肩重達。魂歸止認舊江山。七朝遺澤情難已。三尺孤墳涕共潸。時偕藴叔閣夫三長兄回首粵天空極目。韓陵片石蘚痕斑。

闕爲寅

爲寅字欽山巷橋人康熙二十九年舉人有筆籟集

畫山

誰將措大如椽筆、染郅青山成五色、夜泊輕橈近畫邊、下瞰澄潭深百尺此時山月初欲上、朣朧微放東山碧、正如暗室未張燈、見暗難辨黑與白、半夜長空天風寒、踈星朗朗月團團、闔家米家都不似、一幅混沌成大觀、山月謂我無相訝、我與君兮都是畫、畫中著我復著君、頰上三毫更傳神、

昭山阻風

昔泊昭山天欲雪。兀兀維舟六七日。寒飈括地捲長空。彤雲密布乾坤黑。初得魚目點帆檣。漸次敷鹽成淺白。最後吹綿散作花。六出玲瓏堆幾尺。長江凍盡似銀帶。流澌湧作山鱗疊。今日昭山遇大風。浪頭高立欲排空。舟師艤岍東雙槳。難與風伯爭雌雄。江心騰響奔萬馬。寒雨助虐飛濛濛。推篷空羨北來駛。蒲帆半引疾於龍。擁爐促膝甘坐守。潛心默禱難爲功。天高聽卑遥調我。大塊文章休錯過。文章最忌是平衍。有雪有風饒頓挫。風爲氣魄雪精神。萬丈寒威驚煞人。當日坡公得此意。嘻笑怒罵皆清新。嗟我

收雪復收風兩般光怪羅襟胸一氣縱橫驅筆墨詩成父手問天公天公領我能處窮還我五色雲朦朧明朝扶日出海東

村居雜咏

久臥真成懶閒遊亦似仙撥雲開野徑掃葉煮寒泉對弈青松下鳴琴古澗邊居然謝軒冕於此澹塵緣

門外無車馬經旬一啓扉粗疎忘禮讓笋蕨作甘肥兒喜攤吟卷妻從補破衣漁樵本兄弟未覺寸心違

張翀

翀永康州人由北直寄籍康熙三十二年舉人

南樓晚眺

平臨一望四圍低。春意相迎待客躋、野寺連山雲不斷。空亭倚樹鳥常啼、橫吹樵子來荒徑、晚餉耶姬汲遠溪、風送荔園香漸細、花飛處處點青藜、

游南潭

山下清泉出。林間白髮來。閒雲如可臥。何必問蓬萊。

時之華

之華字茂超一字巖潛灌陽人康熙三十二年舉人

官浦城知縣

秋日感懷五首

商風方入戶、樹樹舞秋枝。且莫炎涼慨、殊驚歲序移、變情嗟俗態。下士畏饑餓。處處蕭森氣、出門何所之。

亦識文章貴。誰知心事違。道從今日直。學悟昔年非。寂寞知花落。升騰羨鳥飛。行藏吾自審。浩嘆欲何歸。

地僻無人問。幽居且放閑。山淸時獨領。草細不容刪。意到雲俱淨。心驚鬢欲斑。終南有徑、流水自潺潺。

得句無人問。停杯獨自歌。閑愁醉裏遣。怪事夢中多。命薄

謀都拙心煩病似魔蕭蕭風雨室無計奈貧何
自臥此蓬蓽蕭然書半床紙窗孤劍冷竹屋一燈涼髮妒
霜華白心悲野草黃長安千里道百感付蒼茫

莫應斌

應斌字士雅一字仲敬灌陽人康熙三十二年舉人
官工部屯田司主事有解江集

君子

君子善持身沖然自卑牧惴惴不敢康小心如臨谷炫長
懼見短求榮慮招辱薰香欲體芬去瑕成美玉績學勤耄

年武今有高蹈

黄元貞

元貞永康州人康熙三十五年舉人官宣城知縣

坡窟洞天

城北別有天幽深絕囂俗巖延午陰涼洞納晴野緣好傾蘸甲杯高唱游仙曲願與考槃人共言承弗告

蔣依錦

依錦字抱樸又字淡如灌陽人康熙四十一年舉人官如臯知縣

甲辰六月罷官後移寓范氏園別東皋諸君子

長吏誠我愛俾我能遂初駑馬一脫韁夢寐忘崎嶇整我舊書卷蕭然別官居無端道旁子爲我立躊躇童子荷錫菱野老遺園蔬醜顏不忍食慰勞環門閭爲此一酸辛老懷增區區

園亭小結構愜我山水情嘉客時時來談笑有餘清涼蟬嘒高樹好月升東榮吟眺各有適一觴還共傾感此素心侶惜別攄眞誠去去送湘皋藹藹春雲生

張鴻禨

鴻𤢗字恒夫上林人康熙四十一年舉人

雜詩

曷爲稱曰儒儒稱不可苟忠信儒所存禮義儒所守今日讀書人實無名則有子雲談天人不愧儒名否子亦心之憂進責他人厚欲效古儒流畫虎恐成狗

吾觀賈董輩下筆通天人仁若心所藴義如身所親能灑忠臣淚能愴孝子神逐躬如否否紙上徒云云鸚鵡作人言無乃非性眞

元日和家兄韻

暖風今日到衡門縱帶餘寒誰復論歲酒後先都耳熟家人笑語總情溫燒殘爆竹臘無影換罷桃符春有痕更喜芳鄰敦禮數往來時有古風存

關爲寧

爲寧字淡園蒼梧人康熙四十四年舉人有寄興集

復初書室落成、蕩菴叔以詩見寄、次韻奉答

我生大段懶節目更疎闊況茲土木工堂構計尤拙既不解經營亦不能點綴獨愛北窗涼當此五六月時爲夢蝶周或作御風列行看竹笋抽坐閱蓮房結池魚縱潛躍同

此活潑潑人生貴適意何物不擺脫朝來得瑶篇乍讀心眼豁乃知書室成雅稱文事列插架幾千卷牙籤示區别石移松更蒼花開鳥自悅琴書旣有託將與世情絶臣叔殊不癡等身勤著述惜無棃花論慚與阿戎說

蔣綱

綱字有條全州人康熙四十五年進士

舟次書感

蒲帆一幅挂秋槎渺渺烟波去路賒不及茂陵歸有壁翻同杜老别無家槖中長物餘詩草道上重陽負菊花他日

縈懷在何處若非故國即京華

李　彬

彬字厚齋貴縣人康熙四十五年進士官內閣中書

有愚石居集

南山秋夜

邛壑長辭事遠征千林木葉下孤城天空雲淨遲鴻影江
曉風高聽鶴聲野馬何心隨路遠暮煙無際帶潮平空山
破寂惟僧梵臥久禪房夢未成

蔣壽春

壽春字喬年一字仁山康熙五十年舉人官東光知縣有偶然草

北征呈季父淡如先生

親老須微祿兒行覲又孤夜來還菽水明發遡江湖餘蔭林間竹哀鳴屋上烏應憐別時淚非擬哭窮途

舟行偶作

風勁舟如葉江鳴雪作堆蓬穿寒雨濕槳撥亂雲開回首家千里浮生酒一杯坐看烟浪闊慚愧濟川才

雨夜赴寧津

時雨夜還家輕車挾霧飛敢忘沙徑滑竊喜麥苗肥津樹迷遙店漁燈出斷磯何人念行役一爲啓重扉

觀音閣

晚眺憑高閣滄江思渺然亂帆斜日外孤鴈落霞邊僧懶還烹茗心空欲話禪上方鐘磬發惆悵尚塵牽

朱亨衍

亨衍字濬伯臨桂人康熙五十年舉人官平涼鹽茶同知

喜晴

抄

雨歇晨光妍凌烟步北園亂紅沾石磴空翠逼柴門水足觀魚樂林香聽鳥喧不憂苔路滑覓句到前村

歸田紀事二首

皓首歸來日田園半欲蕪辛勤勞僕豎把玩惜桑榆舊逕蓬蒿滿新籬松菊疎搔頭對猿鶴是我故山居

仙桂尋難見危垣迹僅存何來石作丈喜有竹生孫闢地先除草臨溪恰對門此中爲我宅寬狹不須論

海棠橋 横州

長橋寂寬海棠摧爲憶當年首再回古木斷垣投筆地夕

蕊字嫩
聲字中自有喚字意兩用似
複且雁用喚字亦不宜
十年二字與起句意複

陽芳草看花臺千秋勝跡空流水一段新愁入酒杯我亦西風江上客醉鄉誰作主人來

冬日書懷

四野雲垂欲覆城朔風獵獵旅魂驚歧途白眼如相待鄉夢青燈兩不明進退苦如羊有角平安愁聽鴈無聲淒涼四壁悲吟夜長鋏孤琴自欲鳴

九日即事

三千六百日天涯又向銀城惜歲華菊蕊不催人送酒鴈聲空喚客思家十年塵土登高懶兩鬢風霜入鏡賒望裏

桂山何處是。白雲東指日西斜。

立秋舟中

風聲雲氣兩悠悠、倦倚蓬窗作臥游。莫笑迎涼無意緒、客中况味早如秋。

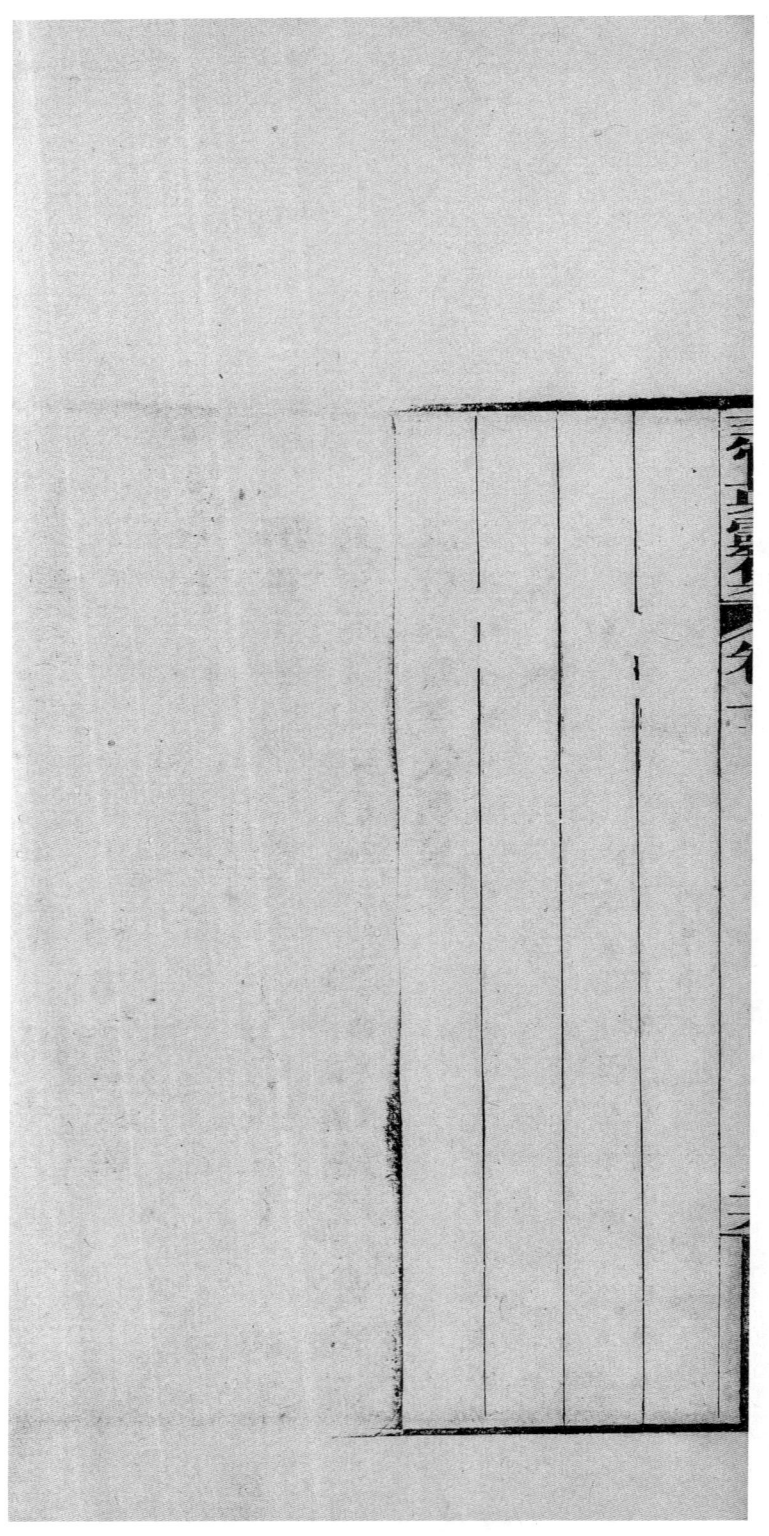

三管英靈集卷十一

福州梁章鉅輯

謝濟世

濟世字石霖又字梅莊全州人康熙五十一年進士由編修改御史遣戍復官湖南糧儲道改驛傳鹽法道有梅莊文集居業集

測海集云雍正四年十二月謝濟世劾河南巡撫田文鏡貪贓壞法時　上方倚任文鏡而廣西巡撫李紱入見奏文鏡舉劾失平　詔遣大臣卽訊還奏紱言非實　上疑濟世或受指使派怡賢親王與大學士九卿嚴訊之究指使者濟世曰文鏡之惡中外共知濟世幼讀孔孟書粗識事君之義不忍視姦人挾

私罔上故冒死以聞必欲究指使者乃獨有孔子孟子耳詰責再四無異辭拷掠急濟世大呼聖祖仁皇帝王大臣皆瞿然起立罷訊入告曰是狂生妄欲爲忠臣口刺刺稱孔孟不休終不言有指使者上意亦解曰是欲爲忠臣且令從軍去遂命往阿爾泰軍前効力乾隆初召復故官尋以母老請外轉出爲湖南糧儲道改驛傳鹽法道屢爲巡撫所劾免歸

退菴詩話云梅莊先生掉鞅詞壇別開生面而含毫着想迴不猶人譬諸宋賢雖不同韓范司馬要不失爲張乖崖一輩人物矣

赫奕四章

赫奕告飲至也準噶爾入寇副將軍六額駙追至厄爾得尼招大破之奉 旨班師回營喜作

赫矣 皇清萬國來王有不來王厥惟西羌餓豺貪猳寇
我邊疆 皇帝曰噫予其剪此天羅之崖天井之渙臥鼓
眠旗佚飽以俟
昨歲辛亥陳於彼界我姑引退今月丁未寀入我隘爰自
西北叶上聲 縱之東南主憑豹尾客倚黃旛兩軍壁止彼軍
縮止我軍逐止
我軍逐止彼軍覆止或寘在原十月鑮兮或塡在淵七夕
鵲兮有圖者駝有呰者羊牛犇於阿馬驅於場匪惟攘之
伊彼將之

西羌困矣負嵎以號　王師奮矣請搗其巢　皇帝曰吁予不究武蠢也兕渠良哉孤寡厥民猓狙厥土剛鹵安用長驅久勞貔虎乃　命副戎襡甲鉊弓鉊杭靄山振旅而還

白頭吟

傷再嫁也頌讀稗史感劉誠意不預功臣之宴因而作焉、

徙徙水中鰷。矯矯雲中鴈。雙雙使人憐。孑孑使人歎。妾本秦羅敷。有夫專城居。數奇逢天墜。中道事相如。相如臨邛

日歡愛兩無匹一朝驅馬歸雲泥從此隔彼姝茂陵子象
服何烜赫妾身事二姓褖衣著不得憶昔巴西發飽燮死
空幃至今高臺畔草木有清輝乃知孀閨婦立志悔不早
寄謝後來人珍重未亡身

西征別兒子發蓮

九門何皇皇家家度歲忙我亦侵晨起辭家赴沙場大兒
甫八齡失母依我旁見我荷戈戟長跪牽我裳兒願隨翁
去辛苦共翁嘗拭淚摩兒頂我兒何不量迢迢征戍地道
里六千强地遠天亦別夏月飛秋霜並死有何益不如返

故鄉故鄉先壟在種栢已成行汝歸山有主麃兔樵斤戕
故鄉祖母在聞信知斷腸見汝如見我稍慰門閭望故鄉
遺經在牙籤貯青緗趨庭誰課汝汝自延書香故鄉先業
在草宅成荒耻學書恐誤汝汝好事農桑上以供正賦下
以奉高堂　聖主哲且仁暫戍非久長東歸倘有信爲我
潔壺觴

燕哺蔟藜行

客有出賈比歸其二子皆爲後妻所殺而賈客不知感
而賦此

翩翩春社燕。養子在雕題。雌出不復返。雄出別求雌。雄歸哺蠅蚋。雌歸哺蒺藜。雛吞蒺藜哽且死。雄徒悲鳴那得知。嘗聞犬乳猫、雞引鳧、吁嗟此燕雞犬不如。鷹鸇不擊。鳳凰不劉。弋人不篡。庖人不羞。我欲擕童持竿搗其巢。捕而燒之飼潛虬。

漢上別內弟蔣五元楚、時五弟假歸、余北上、

塞鴈向南來。海燕向北去。中道忽相逢。彼此各有訴。燕言南國暖。黃茅飛毒霧。逝將謁丹山。竹實分瑤圃。鴈言北地寒。霜霰鍛毛羽。鳳凰亦苦飢。下食逐鶖鶩。訴訴能幾時。南

北各分飛明年春社日此地莫相違

寄畫像歸戲題

故人祝我歸置君松菊裡我歸竟何時累君亦留此君壯我行哀我蹶君能起只合贈君詩代我歸去耳

弔王孝先館吏失火

翰林官舍清於水人人仰屋呼庚癸就中一人貧到骨玉川先生未足比應門雖有長須奴執爨並無赤腳婢破屋數間不可得向人假館權寄止昨夜祝融天上來絳幢徑赴集賢里雨師畏禍遠遁逃風伯工諛効脊指疾電掣將

顏子瓢濃烟卷去黔婁被遠知生平勤著書六丁曾不留片紙我聞上帝仁且聰降祥降殃皆有以先生安貧樂道人未嘗獲罪何至此若非三尸巧進讒定是巫陽誤傳旨逝將排閶訴案前先取二豎磔諸市餘分輕重定爰書重合荆宮輕鈇跚惟有璁龍差可原蒲鞭量著聊示耻豈料天門九重不可叫漬淚題詩一來弔

布被

天祿閣中校書客布被一領青藍色四幅未有三幅餘表穿裏裂如龜坼山妻勸我亟改爲吳綾蜀錦君勿惜公孫

矯詐世所鄙況乃靡敝藏蟣蝨我欲陳詞淚已流卅載相依未忍擲匪惟辛苦同螢窗地下慈親手留澤憶昔垂髫初受經嚴親問絹藤峽側深閨夜靜一燈青兒讀詩書母紡織讀到三更兒就眠機聲軋軋無停息織成大被覆孟宗冀勤問學邀祿秩豈意日月不相待母入泉壤兒朝籍焚黃薦俻酹酒漿九原何曾霑一滴山可移兮海可塡茫茫此恨無終極嗚呼茫茫此恨無終極

寄衣曲

鴨淥江頭人未歸桑乾河畔寄寒衣家家珍重封題去妾

獨停鍼淚如霆聞道年時萬歲山三停前去一停還不愁
天冷征衣薄只愁衣到無人著

孤竹城夷齊廟

當年偕遯去仲子此專城何事城中廟今惟弟與兄松風
清有韻瀫水淡無情歎息人間世紛紛蠻觸爭

己卯十月蒙 恩賜還口號

已分埋沙磧寧知刷羽翰卭山臣罪重天地 主恩寬蹀
躞新驄馬巍峩舊鐵冠喜深悲轉劇望闕涕汍瀾

歸田重遊龍隱巖題石壁

尚有前蹤在。淒其懷蔣公。伏蒲甘折檻。定策苦辭封。大禮千秋憤。孤忠九廟恫。長崖留短句。吟罷涕沾胸。

浯溪

我愛浯溪好。山厓復水厓。不知清夜夢。送却幾芒鞵。魚鳥今無主。元顏昔少儕。誰能明鏡畔。為我結茅齋。

乞歸養不獲遣珠兒南歸呈嚴君

兒出孫何有。孫歸兒未歸。不知堆錦髻。（徐節孝積詩錦髻諸孫自教書）可當舞斑衣。慈竹山山蒨。燕烏歲歲飛。苦無縮地術。父子送相依。

昌平道中望長陵

異甚周公旦。東征竟篡周。千秋青史在。白帽廿年休。我信蒲爲首。人誣馬作牛。君看小韓子。今亦有荒邱。

登祝融峰

五嶽羣推南嶽雄。祝融南嶽最高峰。峰腰陰雨峰頭霽。嶽麓陽秋嶽頂冬。丹陛尚嫌青瑣隔。蒼梧已被白雲封。有梯我欲升天去。此是天門第八重。

丙午十二月初七日、下獄、次日、旋奉　旨免死釋放、發軍前効力贖罪、感　恩述事、次東坡獄中寄子由

韻寄從弟佩蒼實夫二首（時二弟赴公車來京）

嚴霜初隕既回春。留得銜鋒冒鏑身。綸綍乍傳渾似夢。親朋相慶更爲人。敢愁弓劍趨戎幕。已免鋃鐺禮獄神。（故事入獄三日祭皐陶）早晚扶歸君莫慟。髮婀勃窣亦前因。

尚方借劍心何壯。牘背書辭氣漸低。已分黃泉埋碧血。忽聞丹闕放金雞。花看上苑期吾弟。諼護高堂仗老妻。且脫南冠北庭去。大宛東畔賀蘭西。

夏至雪

瀚海之北杭謁東。歲維戊申日危中。赤帝令行黑帝令。大

弱風轉大剛風○蒼鹿養茸萬毛竪○金烏宿井三足燬○投戈呵筆書雲物○驚倒中華百歲翁○

月夜與陳二登臺長分韻得傾字

列幕平沙候曉征○青山缺處月華生○一天重露沾衣溼○幾點殘星伴斗横○白髮丹心遷客淚○雲鬟玉臂故園情○青蓮韻事吾能續○把酒相邀對影傾○

園子茶

停車氊幕乞寒漿○多謝胡姬擕手將○素液靜含紅玉色○雲酥暗帶露芽香○昨年門下曾需 賜此日天涯任飽嘗○回

首觚稜何處是潤人舌本斷人腸

國子酒

曾學東皋著酒經乳醪五種早知名羌兒愛客頻頻送老子食杯細細傾清似伯夷高士品醇如公瑾故人情祇應喚作胡從事伴我沙場過此生

寄題

小桃一樹小庭隈記得征人手自栽歲歲年年驚我老風風雨雨為誰開遙知類面傳新句更擬登盤獻壽杯寄語伯禽休淚折春花秋實待歸來

送常將軍班師回京赴西安鎮二首

三年一度勞貔虎。萬磧千山禦魑魅。師律祇遵程部伍。軍心總屬漢嫖姚。散金酬士家常窶。憂國忘餐鬢早彫。歌罷采薇歌杕杜。酒泉虛席待班超。公軍令頗嚴嘗言我不敢希飛將只好做不值一錢之程不識耳然士卒及諸蕃部落服其公忠無不樂爲用者故云

幾人同荷軍門戟。愧我空叨國士知。讞罷焚香延講易。酒闌投觴促吟詩。金章紫綬朝天日。鐵馬琱弓飲至時。此後焦桐誰拂拭。枯松樹下獨淒其。

金山郭璞墓

雲根浮浪花生氣乘何處上有古碑存葬師郭璞墓

隨園詩話云謝梅莊先生不信風水之說題郭璞墓曉世之意隱然言外

題女史李因蓮鴨圖三絕句因字今生號是菴明季武林人工水墨畫亦能爲近體詩其咏梅花有一枝留待晚春開之句葛介龕異而納之葛死守志終老於蕪園

皎鏡方塘絕點塵水宮仙子曉妝新畫家不著胭脂染想見蛾眉淡掃人

蕪園風景迥超塵好鳥名花異樣新不畫並頭與交頸自傷身是抱衾人

晚春句好筆無塵潑墨秋塘格更新若信三生因果事前

身應是輞川人。

謁余忠宣墓

孤墳七尺皖江濱。廟貌千秋俎豆新。聞道奉祠危學士。百年也作九原人。

明妃曲

蕙館蘭宮菡萏池。有花都似向陽葵。自從紙上求傾國。不媚君王媚畫師。

劉昭漢

昭漢融縣人康熙五十二年舉人

銅鼓巖

武侯威德徧南州巖壑空餘銅鼓留清曉響聞深樹裏夕陽風送亂峰頭天然遺韻傳荒徼自古英名付逝流丞相祠堂何處望浮雲野水共悠悠

王廷鐸

廷鐸字覺齋灌陽人康熙五十二年舉人官廣東增城縣知縣

紫竹臺

不識此山奇勝處四時但怪雲鋪絮客言採藥此山中絕

境依稀尚能語。覆頂青天尺五高、俯看雲背若波濤。琪花瑤艸名難辨。員嶠方壺彷彿遭。中有巨池漾空碧。脈連江海通潮汐。陰陰洞壑老藤纏。黑處應有蛟龍宅。往年禱雨來山閟。風轉靈旂萬壑哀。飛電奔雷驚蹴踏。盆翻馬鬣破蒼苔。更訝池邊方石起。天然棊局平如紙。仙人奕罷幾千秋。黑白縱橫半生死。蕭蕭紫竹倍孤清。長伴青松守石枰。風細月明時爲掃。不教玉局點花英。只恐觀棋柯匪故。撥雲且覓來時路。捫蘿幾日出層巒。山上自晴山下雨。我欲探奇杖短藜。客言神境絶丹梯。天台流水偶然遇。着意尋

源路已迷

植廷紀

廷紀字文翰容縣人康熙五十三年舉人有榕軒集

舟發張家灣

世路馳驅盡翻然悟息機片帆何處去一棹薄言歸志氣尚如昨鬚眉今已非誰家吹玉篴鄉思正依依

卿悅

悅字季兌又字嵩年灌陽人康熙五十七年進士官翰林院檢討

隔江望彭無山中丞墓

遠望層巒聳石邱芳徽遠在瀨西頭森森峭壁排空怒瀧瀧清泉繞石幽卧轍寰中留愛日騎箕天上忽悲秋九京可作丹心在多少行人淚欲流

周宗旦

宗旦字元臣承福人雍正元年舉人官善化知縣

夾竹桃

窈窕天教賦好逑靚粧素質總風流拈來微笑終搖落開處無言少唱酬紅雨亂飄湘女淚綠雲低鎖息嬀愁天台

洞口貧簹谷風景還能似此不

題畫

幽人在空山結屋臨秋水心共白雲閒獨坐觀無始

題雨中畫竹

筆端驚起籜龍眠破壁眞看挐拂天霹靂一聲喚行雨前溪昨夜水平田

唐時雍

時雍字熙野一字穆齋灌陽人康熙間貢生官浙江嘉興縣知縣

抄

瓶中花

膽瓶新插朶離離莫笑無根但有枝檢點樹頭開及落與他爭較不多時

王維嶽

維嶽灌陽人康熙間貢生之驥子

紫竹臺

始信蓬萊境不在東海東但令世情遠丹梯若爲通茲山蘊靈秀萬古青濛濛俗子詎能躋得窺維野翁上有紋石枰琢削非人工黑白子可數旭日照曈曈紫竹蔭其側高

節揚淸風。殷勤掃蘚苔。纖塵未敢涴。何年橋中叟。彈棋冷
碧中。棋聲敲竹韻。逸響流虛空。日月本遲遲。蜉蝣自怱怱。
揖讓暨征誅。半晌局未終。茫茫宇宙間。消息誰能窮。推枰
起長嘯。跨鶴游蒼穹。千載遺片石。摩娑覓仙蹤。竹影搖參
差。風雨昤如龍。徘徊恐爛柯。披榛出叢叢。回首白雲多。再
覓已難逢。

蔣春澤

春澤北流人康熙間貢生

遊會靈寺

抄

百尋山磴聳嵯峩三五尋幽繞薜蘿舉步怳疑天路近登臨方覺畫圖多僧依竹徑雲生杖農事桑田雨滴蓑此日勝游堪共賞莫教詩興減陰何

家帝聘

帝聘北流人康熙間歲貢生官永康州學正

題會靈寺

鳥道紆迴石徑斜鐘聲隱隱出烟霞寒飛古瀑僧無夏高古名山佛有家絶壁倒懸千歲樹半空飛散一天花仲先未遇空留句敢望詩籠紺殿紗

劉傳禮

傳禮北流人康熙間貢生官昭平縣教諭

經天門關

踏破輪蹄鐵萬千○巨靈神手擘何年○雲槅雙闕風開鑰○戟列重門石插天○野店紅爐沽苦茗○蒼松夾道息行肩○太平夜戶無關閉○一線斜陽尚著鞭○

黃定坤

定坤武緣人康熙間貢生官恭城教諭

登大鳴山

此首與卷三昭梵生書上林抄沖漢詩同僅有十五字不同

層巒架漢霄。乘霽試登𨇾。忝策先徒旅。新蕊環可擷。路極意疑盡。勢迴峯攢列。崖聳天貌分。澗委日咎鈌。桂叢展底芳。石瀨雲邊越。凌陽落、春榮傾、陰留夏雪。曠奧難强名。臨翫足、怡悅。盼睞扶、桑遡。呼、喻神、淵徹。披榛下荒祠。整襟御風穴。回首望岑巔。烟霞猶未歇。

李之珩

之珩武緣人康熙間貢生

游靈犀水

一葉扁舟漾碧潯。空潭何處有犀沉。風生浪底吹銀瀨。石

推 吹 影翻

溜泉聲奏綺琴。看畫樓臺浮水面。跳丸日月入波心、乘流直到懸崖下。欲馭蒼龍未可尋。

劉世灴

世灴武緣人康熙間貢生

游靈水

適興尋幽勝、洽洽見一泓、影涵金鑑淨、光映玉壺明、濁潦難相混、靈源長自清、夙懷沂水樂、對此動吟情、

李御旌

御旌武緣人康熙間貢生

抄

游大鳴山寺

古寺依山麓、風光變態多、花明供佛笑。鳥語和樵歌。月朗千峯靜。雲歸萬象羅、扶筇登絕頂。長嘯振巖阿。

黃坤正

坤正字萬成一字厚齋上林人康熙間諸生

久雨

細雨洒淒清、經旬望未晴、新花隨霧墜。宿鳥隱枝鳴。春色暮堪惜。鬢絲愁更生。含情欲誰語。聊與索郎盟。

答友

百載光陰會有涯、肯因白首負芳華、年來習靜成癡癖每向庭前數落花

王維翰

維翰白山司人康熙間官白山司土巡檢

龍馬洞歌 洞在司北二十五里

天閑不鑰金羈開龍馬飛向雲中來王良造父追不及化作崇山昂首立山頭春草青濛濛依稀霧鬣紛雲鬉罡風日日吹馬腹芻豆落盡成虛谷虛谷谽谺碧洞寬洞中滴瀝天漿寒天漿寒沁齒飲之清肺肝我欲攜丹竈來此煉

金丹丹成不跨緱山鶴且騎龍馬遊寥廓

王維相

維相白山司人康熙間布衣

梅溪釣臺 臺爲王一璋所築孫之純建亭其上

釣叟乘雲去潭空上下天斷碑苔蝕字荒逕草迷烟興廢無多日滄桑只數年音容彷彿在撫景一潸然

三管英靈集　卷二

三管英靈集卷之十二

福州梁章鉅輯

陳宏謀

宏謀字汝咨又字榕門臨桂人雍正元年進士官至東閣大學士致仕謚文恭入祀賢良祠有培遠堂偶存稿

退菴詩話云測海集言陳文恭公在江蘇最久嘗遷兩廣總督未幾復還江蘇故有棠陰今寂寞俯仰繫人思之句蓋公開府九省所至皆有遺愛余少時每熟聞鄉耋談公撫閩軼事公立朝行政諸大端載在史傳者外間雖不能盡知而小倉山房文集及測海集中所述畧備生平於詩歌不甚措意培遠堂偶存

稿中寥寥數篇而已惟所輯各種遺規及在官法誡錄至今讀其書者猶沐其教澤焉張南山詩人徵畧中摘錄其遺句云疾風勁草見盤錯利器别人生際屯蹇至性乃昭揭又云香爐峰勢最奇秀芙蓉面面生雲煙兹余又從朱濂甫太史處錄得應制四言詩四首承平雅頌之音足爲英靈集增重矣

陳文恭公年譜云公爲諸生時嘗課徒於里中呂祖閣夢呂祖贈以二語云人原多道氣吏本是仙才是歲癸卯即領解後歷中外卒不愧其言

平定西域頌 謹序

皇帝御極之二十有四年大兵進討逆酋大和卓木波羅泥都小和卓木霍集占兄弟所至望風納款逆酋棄其巢爾奇木哈什哈爾兩城率師潛遁我師飈馳電激分

道窮追一遯之於霍集斯庫再敗之於阿爾楚爾於是
脅從之衆鼠竄麇奔逆酋挈其妻子僕從等逃至拔達
山汗素爾坦沙畏威懷德殲此二酋獻馘稱臣歸命恐
後罪人斯得絕徼肅清普天率土罔不慶幸 臣 伏惟拔
達山汗稽首歸誠逆酋相繼殄滅此不特平定回部告
厥成功而
皇上比年以來籌畫準噶爾全局亦於此大定矣在昔
聖祖仁皇帝三駕親征聞其風服未加剪除
世宗憲皇帝六師致討俟其歸誠羈縻勿絕迺因準噶爾

部衆亂倫常獸虐同類杜爾伯特諸部落窮追來歸叩
闕請命
皇上以
天地之心爲心以
祖宗之志爲志
聖謨廣運獨斷於中
命將出師不數月間直抵伊犂覆其巢穴繼因阿逆辜恩
旋臣旋叛王師窮追天殞其命而逆酋大小和卓木復
敢背負

大恩相次反噬神人共嫉天地難容
皇上赫然震怒親策機宜以少擊多不遺矢鏃回部歸誠
二酋授首統計用兵以來先後五載外廷不知有兵革
之事直省不聞有輸輓之煩而闢門以西迄於大漠二
萬餘里悉入版圖以次撫綏設官定賦此無論草茅誦
讀之士遐稽簡牒未聞奏此膚功卽內外臣工明知
皇上聖謨獨運制勝廟堂亦不意大勲克集如此之神速
也臣恭聞捷音舞蹈欣躍不揣弇昧敬撰平定西域頌
一篇雖辭義淺拙不足以極

盛德之形容而區區慶忭之誠實有不能自已者謹拜手
稽首以獻其詞曰
天祐我
皇全畀所覆纘承
丕基聿光乾構金川久平準夷旋伏蠢爾逆孽敢爲狂寇
逆孽爲何回部酋渠曰霍集占波羅泥都始藉我力出諸
罝罦既長厥部遂成豺䝟伊犁已靖叛酋已殞蠢回兎頑
狡焉思逞誘我王臣肆彼狙獷如蟨駏虛相負而驕
皇赫斯怒整我六師背恩干紀往伐殛之羣醜讋讙競擁

槍檑靈旗一指渙如流澌賊勢雖窮尚稽獻馘爰易將帥
桀人巖壁戰賊萬餘人僅四百築堡待援用據險阨先期
選銳
天啓
聖衷夜擣賊營外內夾攻一鼓而殲疾於燎蓬桓桓虎旅
孰當軍鋒進抵賊巢逆酋潛竄回人跽迎我師靖亂收其
土疆審其利便設官定職有若郡縣天綱既設狡獸蹶顛
戈鋋不腥二酋殲焉孰殲二酋拔達山汗奉表稱臣露布
遙傳露布傳來

皇心悅懌調申
天討武不可極奏凱而還俾眾休息爾公爾侯報以優陟
策勳飲至大典盛隆精意以享
郊壇都宮上福
文母必親必躬更郄尊號益表謙冲
御製大文鐫石太學雲漢昭回
天章煜爚文德淵涵武功赫濯圜橋仰觀萬眾孚若雨番
盪寇浮議息兵
聖衷卓然惟斷乃成功成於斷斷由於明先後行軍不越

五載窮荒歸心化行無外
三后在天志事斯在
皇勤繼述以敬率怠虞書有訓惟德動天我
皇聖德翼翼乾乾
天心篤祜偉績光前億萬斯年
丕基洪延
聖壽無疆頌 謹序
乾隆二十有五年秋八月恭遇
皇上五十萬壽聖節于時聲教遐訖武功告成歲稔人和

中外禔福臣遭逢隆盛感荷
生成樂記美善而莫罄形容欲祝岡陵而未工頌禱不揣
固陋敬取洪範斂時五福之義綴集五經成語作頌五
章以明
聖人大德必得其壽之由雖乾坤之容日月之光非臣愚
所能摹繪而區區微忱竊欲頌揚萬一謹拜手稽首以
獻其詞曰
惟
皇作極允執厥中位乎天德昭明有融奉三無私莫不率

從率作興事時亮天工光被四表萬福攸同

皇敬作所道積於厥躬

右第一章頌　聖德也

立政立事所其無逸臨照百官　百官承式禮樂刑政祗敬

必飭萬邦作孚順

帝之則錫茲祉福我能受之夙　夜基命宥密維

天其右之

右第二章頌　聖治也

至治馨香昭格

列祖永言孝思
天錫純嘏介福
王母徽柔懿恭昏定長省雝雝在
宮大孝不匱福祿來崇垂裕後昆永世無窮
右第三章頌　聖孝也
皇猷允塞布昭
聖武幹不庭方爰整其旅自彼氐羌罙入其阻徹我疆土
仍執醜虜我武維揚誕告萬方於萬斯年莫敢不來王
右第四章頌　聖功也

一人有慶如日之升
皇建其有極萬民靡不承下民祇協其道大光
聖敬日躋不敢怠遑荷
天之休降福穰穰子孫千億
萬壽無疆
右第五章頌　聖壽也
聖駕巡幸天津頌　謹序
欽惟
皇帝陛下德統天維功彌地軸對時茂育淳化滂流率土

內外凡厚民生敦風俗飭吏治靡不上殷
聖慮時勤巡省其最鉅者惟治河及海以興水利以衛民
廬高下因乎地勢宜防資乎人力法至備也臣謹按南
方諸大川由淮徐達海者恭逢
聖駕南幸指授方畧固已順流循軌交渠引漕歸鹵可腴
歲則大稔熙熙然民用樂康矣若夫迤北之水則有南
北兩運及子牙滹沱永定河均注析津入海
皇上勤恤民隱屢勅督河大吏修防利導率作興事星使
載出秉受

睿謨歸河歸淀歸海之道咸以時濬深防河防淀防海之
策亦以次修舉十餘年來隄漲雲流健阡虹矯漕渠利
焉幹止甯焉而
皇上治益求治安益求安復念析津爲南北運河入海之
尾閭東西各淀爲永定子牙滹沱瀦水之要路天津海
口爲畿輔百餘郡邑積水宣洩之咽喉所關於直省水
利者綦重惟相度必得
躬親而利賴尤資
睿畫茲於三十三年二月諏吉夙駕鑾輅啓行歷廣陽紫

泉經清和循千里堤覽文安大窪過格定出三岔河駐
蹕於析津
帝車所指榮鏡區寓河分正支隄别南北奮大城之捍衛
準石閘之高低並奉有三里灘接築隄工之命萬姓懽
呼以爲繼自今世世子孫永服先疇畎畝也
請問遐宣
恩綸叠沛將還京師
御舟復由運河察看減河石壩
詔督臣接築灰工兼疏入海要區

巽命重申利濟萬世於是
廻與南苑行春蒐禮丁亥叶吉
親耕耤田雨澤應時嘉祥偉兆河工以飭農務畢舉臣遭
逢盛美久荷
生成屢任封疆河渠水利曾經分理玆復忝侍綸閣兼領
冬官仰窺
皇上指示洞析幾微竊願摹繪萬一抒情宣德矢音遂歌
臣之職也謹拜手稽首以獻其詞曰
於廓靈海尾閭東瀛墟臨析木地闊平津澱九十九東西

是經沽七十二小大是盈千金爲洎三岔成丁亥渠析流以注滄溟伊遂古初封濬紀勳洪河故道閎久就湮我皇御宇函夏化淳聰聽祖訓軫念拊循渺玆河淀竇通神京川澤訏訏度土用勤天漢之區神功所營肇我皇來福我海濱疆圉紀歲元鳥司分靈辰撰吉野廬掃塵芝葢翠麗玉鸞隱轔仙峰遙峙界河斜縈燕南趙北衍漾張青馬道潞滴龍潭甬淪蓮花汀泛細柳波澄枝歧潭淪翠於津門

帝曰洛爾封疆之臣疇平水土惠我黎烝長隄千里維垣
維屏格淀逵近田廬是憑亦有減河石埭宜增濬彼積淤
闢彼幽瀆毋惜上帑毋擾下民羣黎祇領敢不率遵瀹瀹
曉雲熙熙暮春自我
皇來德音紛綸老幼扶攜近歡遜聽僉謂我
皇盛德日新省方設教畿甸周巡儲偫無煩鹵簿弗陳蠲
我穗秸充我箱囷滌我瑕垢弛我課征綏我耇長烝我髦
英爰
勑建祠覡答百靈爰

命晉秩寵錫簪紳饗飫虎士謳歌榜人連襟蟻集拜道歡
騰湯湯者海海亦有瀕洋洋者河河亦有滸翳我
帝澤浩蕩無垠輿情允洽
皇心則甯赫矣我
皇奮武揆文暄以化日澍以甘霖靡澤不覃靡治不
臻乃回南斾輳蒐上林禮用三驅我
皇至仁乃
躬耕耤祈穀薦馨神降之吉民和年登臣拜手稽首對揚
天廷四隩奠宅百川效珍披圖刻璧紀此

德聲

聖母皇太后聖壽無疆頌 謹序

欽惟

聖母皇太后德備中和性全淳粹儲祥毓

聖八方欣世際唐虞作範垂型四海仰

宮中堯舜以

聖人爲子登三咸五均歸

懿訓精詳以天下養

親日升月恒競獻蒼生頌禱茲當萬國歸誠之候

恩威及拔達遐方正居
七旬大慶之辰和靄叶履端令節珠聯璧合星垣上耆嘉
祥航海梯山琛貢交馳畿甸
萬年天子親承
萬壽之尊南極眞人好上
南山之頌集億兆人之祝嘏長益
慈齡將八千歲爲春秋永臻
洪筭臣被沐
隆恩有逾常格前此

聖母花甲初周荷蒙
恩准赴京叩祝光榮自昔感戴至今式届
嵩辰就瞻彌切從茲每逢十載臣民欣
嘉慶昌期將見洊歷萬年海寓仰
春暉久照竊傚天保九如之祝用攄微臣一得之愚謹拜
手稽首以獻其詞曰
於惟
聖母德合坤元含宏光大儲祉垂恩壼儀作則長樂稱尊
佑啓我

聖主舜華堯勳東西朔南化被無垠奉琛獻賮莫不尊親其一
華胥毓昊慶都與堯惟
聖母之德
徽音孔昭惟
聖母之教食旰衣宵六宇凝庥萬方瞻仰重規疊矩其德
不爽椒宮蘭殿熙春盎盎其二
爲天下母率天下先深維政本無逸有虔齋宮禱雨豳館
洛川以身示訓疇弗敬應恭儉惟德不矜隆盛逵軼姜任

何論馬鄧 其三

聖作物覩應

天時行玉衡在握金鏡常清九疇式敘萬物由庚運世於

掌若身使臂九垓八埏邇安遠至合萬國懽聿成

孝治 其四

帝德好生

皇威遐振金川歸誠準夷効順役不踰時服由中信闓疆

二萬歲歲輪賓仰惟

懿訓上福

慈宮鴻名顯號寶册昭融其五
天矣孝熙色養客與曰溫曰清無間寒暑
聖母樂之式燕笑語天行星陳敬奉
時巡行慶施惠用廣
慈仁一游一豫愷澤常新其六
惟此南國德施周普
鑾輿再臨湛恩斯祜覆以慈雲灑以甘雨非惟語之又氾
布濩之婦子熙熙咸懷慕思翹首
天臨慰我嘉師其七

日方長至斗轉璿杓
七旬衍慶萬國來朝觴陳寶露樂奏仙韶
慈顏益和
慈福彌茂斂時敷錫八方在宥人樂春臺世臻曼壽其八
吾
皇之德上及太清兮惟
聖母之慈仁吾
皇之德下及太甯兮惟
聖母之安敎吾

皇之德中及萬靈兮惟
聖母之平均
天監厥德慶衍家國本支百世子孫千億
萬壽無疆百祿永錫其九

任節母詩

疾風勁草見盤錯利器別人生際屯蹇至性乃昭揭懿哉
任母賢守志成節烈家本鼎門貴而安貧士轍鹿車青年
挽鸞鏡中路折形影嘆伶仃一死誓永訣顧念堂上親菽
水誰奉醊更撫膝下兒幼稚孰提挈中夜起悲酸肝膽泣

碎裂忍志歷艱辛茹荼自嗚咽颯颯悲風來滿庭靜悽切
嬌嬌松栢姿卓立傲霜雪冥漠誘厥衷惠迪理相埒胥井
舊汙濁表異忽澄洌祝融肆虐燄鑿憫乃中輟瑞應闡忠
貞巾幗表貞潔吁嗟家殄瘁歷歷枯心血名存行愈苦苦
志堅金鐵　丹詔耀門閭　天章列棹楔謝砌芝蘭芳女
行稱人傑長君尤特達博學藝稱絕應手自活人岐黃並
頡頏屈指佇飛騰鶯鳴振漻泬久鬱世必昌袞袞傳閥閱
青紫如拾芥光輝揚母節

武岡堪輿劉凝一先生竹梅圖

有梅古以秀有竹康而壽匆作畫圖看承言結艮友先生本高潔早歲探理藪常將信義敦語言不肯苟化物在隨機仁孝以時剖山水契深情登涉遍九有大地何茫茫一覽得樞紐曾爲湘灘遊將以卜隣耦不遠再渡江吳苑重攜手欣然接古懽相値詎云偶竹梅愈精神展卷詩百首八十正康强却杖疾趨走駐顔無異術一誠致悠久還堪問百齡人壽書黃耇

題陶吾廬先生家居十二樂圖

先生蓬萊之散仙謫來小住廬山前香爐峰勢最奇秀芙

蓉面面生雲煙少日讀書山巖裏夏鼎商盤供餔編瀛洲舊秩朝天早春風得意馬蹄旋浮雲富貴百不顧回首椿堂生孺慕晨昏定省夙夜心白雲在望朝復暮歸來綵服鬬斑斕忍使老親嗟遠路有時從遊北郊北二月踏春春草茁山泉流繞南城下芭蕉綠映琴書列東籬黃菊漾秋天人淡如菊菊如錢花枝斜插酡顏醉碧梧翠竹助吟篇楓林晚照暮山紫飛雲紛如六出藥南國衣冠垂典型入羨仙舟同郭李四時佳興足徜徉傾耳寄目廬山陽郎事多欣數晨夕要使親心樂且康家園之樂樂何似畫工拂

絹紛開張鐘鼎山林各天性圓成十二垂縹緗憶昔栗里
惟靖節棲託衡門心自得賞奇析疑在書史此中真意誰
得說一時嘯傲淩滄洲遙吟俯唱聲清絕家風克繼有先
生愛吾廬中尋素轍吾廬仙館匹鹿洞大材小材恣磨礱
宗風大振皋比開日程講習交諷誦著述紛紜如束筍深
藏篋笥連車軫理障如雪心如鏡口挼懸河輸不盡讀之
百回殊不厭千言萬語同標準階前蘭桂正森森芸香三
代繼纓簪郎今遺集初鋟就淵源一脈相遙深聖域賢關
入閫奧朱紘跳越有遺音為語文孫今出守守茲遺訓作

規箴

登碧雞山呈尹制府

隔山相望覺山高才上山頭山又小盡日登高興未足舉頭還羨他山好朝來雲氣接蒼茫須臾日出何分曉碧雞憑眺山海空置身恍在青雲表汪洋萬項俯滇池一片澄波函縹渺鳶飛魚躍盡天機曠觀爾復抒懷抱仰止於今屬景行追隨咫尺欽師保